zu **Klampen!**
Edition Postskriptum

Ludwig Harig

Da fielen auf einmal die Sterne vom Himmel

Begegnungen mit Dornröschen
und dem Eisenhans,
eine Märchenreise im Jugendstil

Mit Zeichnungen
von Otto Ubbelohde

zu Klampen!
Edition Postskriptum

ISBN 3-933156-74-2

Erste Auflage 2002

Tel. 0 41 31 - 73 30 30 · Fax 0 41 31 - 73 30 33
e-mail: info@zuklampen.de
http://www.zuklampen.de

Druck: Clausen & Bosse, Leck

Umschlag: Groothuis, Lohfert, Consorten; Hamburg

Gesetzt aus der Syntax und Stempel Garamond

Die Deutsche Bibliothek - CIP-Einheitsaufnahme:
Ein Titeldatensatz für diese Publikation
ist bei Der Deutschen Bibliothek erhältlich.

Inhalt

Jeder, der schreibt, webt weiter am großen Märchenteppich der Welt. Alle dichten das Prinzip Hoffnung. Ich weiß, das Marlenichen wird alle meine Knochen unter dem Machandelbaum suchen und wieder zusammenflicken.

Wolfgang Koeppen, *Märchendank*

Da fielen auf einmal die Sterne vom Himmel

Hinter dem Rimberg steht ein hoher Himmel, küchenschürzenblau. Ist es nicht Frau Holles Schürze, die so leuchtend den Horizont überspannt? Bald wird sie nicht mehr blank und glatt gestrichen, bald wird sie mit Schnee überhäuft sein, Frau Holle wird ihr Bett machen und die Decken ausschütteln, daß die Federn auffliegen, wie sich's gebührt. Ein Rabenschwarm fällt über das Wiesental ein, Pappeln biegen sich im Wind, unter den Wolken wird der Himmel nun schwarz und schwer. Ja, wenn die modernen Häusergruppen, die neuen Straßenzüge, die allgegenwärtigen Überlandleitungen nicht wären, sähe die Landschaft aus, als hätte gerade Otto Ubbelohde sein Märchenbild zu *Frau Holle* gezeichnet. Jeder wünscht sich, Frau Holle nähme ihn an der Hand und führe ihn vor das große Tor ihres Hauses, und man stehe darunter wie das Mädchen im Märchen. Nun falle ein gewaltiger Goldregen, und alles Gold bleibe an einem hängen und gehe nicht wieder ab.
Wir kennen einen wirklichen Prinzen. Unser Prinz ist sanft und klug, er hat schwarzes Haar und feine, zarte Hände, doch sitzt er nicht auf einem bunt geschmückten Roß und streitet in der Schlacht, nein, unser Prinz lehrt an der Universität zu Marburg, er ist Märchenforscher, und er erforscht unentwegt Könige und seinesgleichen. Als wir an einem frühen Septembertag nach Marburg kamen, um den Fußspuren Otto Ubbelohdes zu folgen, war der Prinz an unserer Seite und wies uns den rechten

Weg. Ein Herbstwind wehte, erst warf uns ein sanfter Regen seine Tropfen gegen die Wangen, dann, als der Prinz seinen Lodenmantel aufknöpfte, hörte der Regen auf, und ein paar Tage lang spazierten wir in besonnter ewiger Gegenwart. Wir wollten Gassen und Mauern, Türme und Tore aufspüren, die der Marburger Maler Ubbelohde als Stätten Grimmscher Märchen gezeichnet hat, mit einemmal standen wir vor Schneewittchens Sarg, vor den Gräbern aus Allerleirauh, vor dem Altar, unter dem Katze und Maus ihr Milchtöpfchen versteckt hatten. Im hölzernen Chor der Elisabethkirche, vor geschnitztem Spitzgewölbe, gemalter Steinwand, steht die französische Elisabeth mit einem Modell der Kirche in der Hand. Sie steht auf ihrem Standbein, spielt mit ihrem Spielbein und wölbt den Bauch mit weitem Hüftschwung, als drücke sie die übergroße Goldkrone. Sie ist Ubbelohdes Jungfrau Maria aus dem Märchen *Marienkind*; statt dem Kirchenmodell trägt sie den Schlüssel in der Hand, den sie dem kleinen Mädchen zur Verwahrung gab; das Mädchen aber mißachtete das Verbot, die dreizehnte Tür des Himmelreiches aufzuschließen und wäre um ein Haar ins Unglück geraten. Schneewittchens Sarg ist der Elisabethschrein, er blitzt von Gold und Edelsteinen, die Apostel, in getriebenem Kupfer, scharen sich ringsum in vier Gruppen zu je dreien, wohlgeordnet, die Madonna, im breiten Spiegel reflektiert, erscheint im Märchen über dem weißen Milchtöpfchen, und sie mußte wohl auch mit ansehen, wie die gierige Katze die brave Maus verschlang. »Sie lebten vergnügt bis an ihren Tod«, heißt es von Allerleirauh und dem König; im Landgrafenchor der Elisabethkirche liegen sie nebeneinander begraben. Da liegen sie, mit geöffneten Augen, das gewellte Haar fällt auf das steinerne Kopfkissen, zwei Engel sind in der

Nähe. Die Hände sind gefaltet, die Füße auf Stützkissen gepreßt; Nasen, Fingerspitzen, Engelsköpfe glänzen, denn tausend streichelnde Finger sind über sie hinweggegangen, auch drei Diakonissinnen, in weißen Häubchen und mit Nickelbrillen, lassen ihre Hände über den glatten Sandstein gleiten. Hier, im späteren Gasthaus *Felsenkeller* neben der Elisabethkirche, ist Otto Ubbelohde geboren, am 5. Januar 1867. Der Knabe, im strengen Elternhaus, der Gymnasiast, im altehrwürdigen Philippinum erzogen, zart und empfindsam wie er war, tat sich schwer gegen den Vater, der römisches Recht an der Universität lehrte und den Künstler im heranwachsenden Sohn voller Argwohn betrachtete. Tag für Tag stieg Otto die

Fußsteige zur Oberstadt hinauf, sah die engen Gassen, die alten Mauern, die spitzen Dächer, zeichnete sie, malte sie. Jetzt ist es Herbst, wir folgen Ubbelohde vom Fuß des Steinwegs aus, mehr als hundert Jahre später, und nach und nach geraten auch wir in die zauberische Welt der Märchen hinein.

In der Wettergasse zeichnet mein Malerfreund Hans Dahlem das Haus Nr. 11; doch nicht Fachwerkgiebel und Butzenscheiben entstehen aus seiner Feder, einzig der dicke Tragbalken über dem Fenster hat es ihm angetan: Aus dem Holz wächst ein bekrönter Drache hervor, Feuer dringt aus seinen Nüstern,

ein dicker Strahl, der sich vielfach verzweigt. Ein gelockter Teufel hat sich eingehängt, er hält einen Griff in der Hand, der aus dem Hals des Drachen hervorspringt, sein Ohr ist spitz und rot, sein Pferdehuf glänzt unter dem zottigen Schienbein. Quer über das Schaufenster ist das Wort *Yeti* geschrieben, und auch an schmiedeeiserner Konsole hängt ein Schild mit der gleichen Aufschrift und dem chinesischen Emblem von Yin und Yang darunter. Weiße, violette, türkisblaue Yogakleider sind ausgestellt, Armringe und Fächer, bunte Murmeln, eine breite Auslage von Modeschmuck, auf Silberstanniol dekoriert. Des Kaisers neue Kleider?

Am Schuhmarkt, auf einem Fachwerkbalken des Hauses Nr. 5, lesen wir, in reichgeschmückter Fraktur: »Der Eine erdachts. Der Andere machts. Der Dritte verlachts. Was machts?« Daneben, im Untergeschoß des Hauses, ist der alte Karzer der Stadt, mit Laterne über der Tür und dem Schild mit der Aufschrift: *Vorsicht Stufe!* Ja, von hier aus geht es hinab in die unterirdischen Gelasse mit Blutkammern und Blutbecken, mit Holzblöcken und blinkenden Beilen; ist es nicht *Fitchers Vogels* Haus, und schaut nicht oben aus dem Dachfenster der geputzte Totenkopf heraus, so wie Ubbelohde ihn gezeichnet hat?

Durch die Ritterstraße wiegt sich ein junger Mann, über das gewellte Pflaster schleift sein breiter Hosenbund; eine Frau in Jeans und Schottenhemd, ein Mann mit drei Fotoapparaten, Kinder mit gelben Bereitschaftstaschen eilen ihm voraus, ein Schäferhund streift an der Mauer entlang, ein Herr in hellblauen Stretchhosen tritt in ein Haus mit vorgekragtem Giebel, er trägt einen Pappteller in der Hand, auf dem, unter flatterndem Zellophanpapier, Kuchen und Torten arrangiert sind. Im Märchen *Die zwei Brüder* ist es der Bär, der die Ritterstraße zum Schloß hinauftappt, mit beiden Pratzen hält er das Zuckerwerk an die Brust gepreßt und schleckt, mit breiter Zunge, die Zuckererbsen auf. Hans zeichnet Turm und Dach von St. Johannes, seinem Patron; Birken- und Platanenblätter drängen sich in die Architektur, umhüllen die Mauern, umschließen die Zäune, umspielen Fachwerk und alte Laterne. Ein türkischer Vater trägt seine Tochter zur Ritterstraße hinauf, er preßt das Kind an sich wie der Bär den Zuckerkuchen und nimmt die Treppenstufen in großen Sprüngen. Das Mädchen jauchzt und wirft seine Arme in die Luft.

Das Schloß auf dem steilen Fels empfängt seine Sonntagsbesucher. Höfe und Terrassen sind durch Tore und Tore und Folgen von Toren miteinander verbunden, nur das Tor, durch das die Gänsemagd auf die Dächer der Stadt hinabblickte, ist zugenagelt, durch einen Bauzaun verstellt. Im inneren Schloßhof steht ein Vater und zeigt seinem Sohn die Tafel über dem Tor, die die Geschichte des Schlosses erzählt. Im Märchen von der *Bienenkönigin* sind es der älteste Königssohn und das kleine graue Männchen, die unter dem Tore stehn, und auf der steinernen Tafel sind die drei Aufgaben geschrieben, wodurch das Schloß erlöst werden könnte. Im Lutherzimmer riecht's nach Bohnerwachs, der Parkettboden ist frisch verlegt, die Wände sind geweißt, die Säulen getönt, das Protokoll des Marburger Religionsgesprächs hängt im versilberten Rahmen an der Wand: Luther, Zwingli, Melanchthon haben signiert; ist nun die Hostie der Leib oder bedeutet sie ihn nur? Philipp der Großmütige, mit krausem Haar und Backenbart, schaut auf gelbgrüner Ofenkachel seitwärts mit weit aufgeschlagenem Auge. Auf der Kachel ist er zu Stein geworden wie die drei Brüder: Sie konnten die Aufgaben nicht lösen. Aus der Schloßkirche tönt Orgelklang, der sanft über Bückingsgarten hinzieht. Bückingsgarten ist Schloßcafé. Die Sonntagsausflügler scharen sich um reichgedeckte Tische, schwadronieren bei Kaffee und Kuchen, die Roßkastanie neigt ihre Äste so tief über Garten und Haus, als lausche sie den Gesprächen mit allen ihren Blättern. Auf der Terrasse darüber saß einst *Die wahre Braut*

aus dem Märchen; die Kastanie war eine Linde, unter der sie sitzenblieb, bis die Sonne untergegangen war, aber der Königssohn, der sie zur Vermählung abholen wollte, kam nicht wieder zurück; erst nach Jahr und Tag fand sie ihn endlich auf einem Fest. Unser Prinz, der Märchenforscher, neigt seinen klugen Kopf und sagt: »Ja, der Märchenprinz, er ist nichts als eine strahlende Null. Was tut er schon? Am Ende ist er immer da, nimmt das schöne Mädchen bei der Hand und tanzt mit ihm.«
Was mußte *Jungfrau Maleen* nicht alles erdulden, wie litt sie, eingemauert sieben Jahre in dem finsteren Turm? Otto Ubbelohde zeichnete den alten Pulverturm am Glaskopf, auf dem ersten Bild sieht man Jungfrau Maleen und ihre Kammerjungfrau klagend vor den zerbrochenen Mauern stehen, auf dem zweiten tanzen Kinder an ihm vorüber und singen: »Kling klang kloria, wer sitt in dissen Toria?« Der Pulverturm ist wieder aufgemauert mit vorgebautem Walmdach, grobverfugt, schiefergedeckt, ein Aluminiumkandel führt das Regenwasser in die Kanalisation, unter dem Dachgebälk haben Wespen gebaut. Der Glaskopf ist Neubaugebiet, ein Viertel mit Eternitgiebeln und Fernsehantennen, schmiedeeisernen Einfahrtstoren und kupfergetriebenen Zeitungshaltern. Längst ist die alte Schäferei abgerissen, in welcher der *Räuberbräutigam* wohnte, keine Stimme ruft mehr: »Kehr um, kehr um, du junge Braut, du bist in einem Räuberhaus.« Aus Ligusterhecken hat sich Waldweidenröschen in die Sonne befreit. Malven wiegen sich im Spätsommerwind, Goldraute drängt aus dem Zaungeflecht der Vorgärten.
Es ist keine Märchenzeit mehr. Zur Steinmühle bei Cappel führt eine Asphaltstraße, die gelbe Schranke vor dem Gelände schließt automatisch, die neue Mühle ist plastikbeschlagen,

der Fachwerkgiebel spritzverputzt. Die hohe Trauerweide senkt ihre Zweige in den Mühlenteich, über das Wehr stürzt das Wasser ins Bett der Lahn. Die alte Mühle liegt längst nicht mehr am Wasser, das Mühlrad steht still, aus den schmalen Fenstern quellen Geranien, ein weißes Elektrokabel hängt vom Gaupendreieck über die Sandsteinfassade. Im Märchen der Brüder Grimm trat der Müller aus dem Haus, der erste Sonnenstrahl brach hervor, er hörte in dem Weiher etwas rauschen, wandte sich um und er blickte ein schönes Weib, das sich langsam aus dem Wasser erhob, *Die Nixe im Teich*. Wir schauen uns um, beobachten die Kringel im Wasser, betrachten die Haustür der Mühle, doch keine Nixe rührt sich in den Wellen, kein Müller tritt auf den Mühldamm, nur das weiße Kabel flattert im Wind und schlägt im Takt gegen die Hauswand.
Warum ist der Kaiser-Wilhelm-Turm nicht der Rapunzelturm? Ein kleines Mädchen schaut an der neugotischen Rundfassade empor, sein Blick verweilt auf den herausgemeißelten Eichblättern, streift das Erkertürmchen, hebt sich zu den Zinnen auf, dann sagt es: »Da oben möcht ich jetzt sein.« Ja, warum ist es nicht der Turm Rapunzels? Der Stützpfeiler zur Linken des Balkons ist wohl zu häßlich gemauert, zu ausladend proportioniert, gedrungen im Kaiser Wilhelm-Stil, und sieht aus wie ein eingewinkelter Arm, der zu kurz geraten ist.
Ubbelohde wählte sich das Gartenhäuschen des Schlosses von Amönau als Rapunzelturm aus. Amönau, Amnuova, Amenowe, die anmutige Au: Das keltische Flußgelände liegt in der Mittagssonne; am Bachweg, der zur Gerichtslinde hinaufführt, nur ein Steinwurf vom Schlößchen entfernt, steht Rapunzels Turm.

Ein Mädchen sitzt auf dem Brückenstein unter mächtiger Roßkastanie, es hält ein Kätzchen auf dem Schoß und ein gelbes Überraschungsei in der Hand. Es schaut nach Hans, der das Fachwerkhäuschen zeichnet. Das Kätzchen springt von seinem Schoß und scheucht eine Schar Enten auf, die mit gebreiteten

Flügeln ins Wasser schießen. Sie gründeln im Schlamm, und während Hans seine letzten Linien setzt, ziehen sie hinter dem Erpel ins schützende Ried. Jetzt öffnet das Mädchen sein Überraschungsei, es lacht laut auf und ruft ein Nachbarkind herbei. Die Überraschung? Hänsel und Gretel in Plastik, Hand in Hand.

Fast ein Jahrzehnt lang streifte Ubbelohde durch das Marburger Land, suchte seine Märchenmotive, las und zeichnete, besessen von dieser Arbeit. »Ich druckse jetzt über Grimms Märchen«, schrieb er 1902 in einem Brief, »es ist eine Hundearbeit... ein Segen ist's, daß mich die Arbeit wenigstens freut«, schrieb er 1909, und zwei Jahre später: »In 10 Tagen etwa bin ich mit den Grimmschen Märchen fertig. Ein enormer Wackerstein wird mit Gepolter aus meinem Innern fallen.« Dann ist das Werk vollendet, Stadt und Landschaft sind belebt von Märchenfiguren, kein Berg, den Ubbelohde zeichnete, blieb ungebannt, kein Gemäuer unerlöst. Ubbelohde beseelte das Land um Marburg auf seine Weise; so hart auch seine Feder war, so karg seine Linie, so naturroh seine Räume sind, ein zauberischer Hauch von Jugendstil zieht durch die Bilder hindurch, »die geb ich nicht mehr her«, schreibt er an einen Freund. Auf dem Christenberg, hoch über dem Dorf Münchhausen, neben einem Birnbaum, der seine Äste in den Himmel streckt, thront das Hexenhaus aus *Hänsel und Gretel* auf kahler Kuppe. Hunde sind an der Leine zu führen, wo Pfefferkuchen und Spekulatius aus breiter Konsole an der Hauswand ausgestellt waren, hängt heute die Coca-Cola-Flagge; montags ist das Lokal geschlossen. Dahinter liegt ein leicht gewinkelter, einstöckiger Steinschuppen mit Langnesefahne, Langneseschild, Langnesemülleimer. Wo Hänsels Ställchen stand, breitet sich ein Abenteuerspielplatz mit Sitzschaukel und Laufrad, mit Kletterholz und Aussichtsplattform; Benutzung auf eigene Gefahr! Die Grabsteine auf dem Friedhof hinter dem gotischen Chor der Kirche stehen in Reih und Glied, es neigt sich keiner zur Seite wie zu Aschenputtels Zeiten, kein schiefes Kreuz, kein zersplitterter Marmor, kein überwachsenes Grab ist zu sehen; ein einziges Kreuz, aus Eisen geschmiedet, ragt aus bemoostem Sockel auf, eine ovale Emailleplakette ist in seine Mitte eingelassen, unter Spruch und Palmblatt ist zu lesen: *Auf Wiedersehen!* Hans zeichnet das Chor der Kirche, die Grabsteine aus Aschenputtels verflossener Zeit. Auf dem Rand seines Zeichenblocks sitzt ein Pfauenauge, faltet die Flügel auseinan-

der und räkelt sich im Sonnenlicht. Zwei Frauen gehen durch die Reihen, eine ältere mit Gartengeräten, eine jüngere mit grüner Plastikgießkanne. Sie flüstern miteinander, häckeln und netzen; erst als der Schmetterling von Hansens Block aufflattert und der Maler seinen Stift in die Jacke steckt, packen auch die Frauen ihre Geräte zusammen und wenden sich dem grauen Tore zu. Wieder ist es Abend geworden, Montagabend,

die Papierkörbe sind randvoll mit leeren Joghurtdosen und Apfelsaftflaschen, Burg Mellnau liegt im letzten Sonnenlicht. Nur noch Turm und Tor haben die Zeiten überdauert, der Turm ist modernisierter Aussichtsturm, heute geschlossen, das Tor ist aus Staketen geschmiedet und knirscht in seinen rostigen Angeln. Von hier aus geht es abwärts über gewelltes Land in den großen Wald, in den sich niemand hineinwagen wollte in den alten Märchenzeiten. Ein fremder Jäger, der es auf eigene Gefahr tat, stand eines Tages vor dem Pfuhl des *Eisenhans,* der braun am Leib war wie rostiges Eisen und dem die Haare über das Gesicht bis zu den Knien hinabhingen. Auf der anderen Seite der Burg, unterhalb der Mauerruinen, liegen die Dächer von Mellnau, über die einst der *Daumerling* auf der Stopfnadel hinausflog in die weite Welt.
Aus dem Amöneburger Becken wölbt sich ein bewaldeter Doppelbuckel auf, die Bäume an der Straße bergauf sind vollbehängt mit reifen Äpfeln, die grellrot im Morgenlicht glänzen. An der Linde vor dem Rabanushaus ist ein Plakat angeschlagen: »Erteile Schlagzeugunterricht in Schweinsberg!« doch aus dem Haus tönt, kühl und a capella, Kirchengesang von Mädchenstimmen. Über dem roten Sandstein der Stiftskirche schillert der Grünspan des Zwiebeldachs, die Mauern der Burgruine, kompakt in Kalkspeis restauriert, stehen, Zahnstümpfen gleich, im Rasengrün, mit grauen Wacken wie Bleiamalgam, gelbroten Brocken wie Goldplomben. Treppen und Treppchen umspielen den runden Wehrturm, auf den Zinnen sitzen Tauben und sind eingeschlafen, als Dornröschen sich in den Finger stach. Ja, es ist Ubbelohdes Dornröschenschloß, er hat es vom Tal her gezeichnet, hoch liegt es über der dichten Dornenhecke. Doch eben sind die hundert Jahre ver-

flossen, der Königssohn nähert sich dem Schloßberg, im nächsten Augenblick wird sich die Hecke in lauter große schöne Blumen verwandeln.

»Ein Werkzeug der Glücksinstanz«, sagt unser Prinz, »wichtig ist nur, daß er ein Prinz ist. Er setzt zwar mutig sein Leben aufs Spiel, aber das haben schon viele Königssöhne vor ihm getan und sind doch in der Hecke eines traurigen Todes gestorben. Er ist im Unterschied zu ihnen nur deshalb erfolgreich, weil er sich der Hecke zufällig genau an dem Tag nähert, an dem die hundert Jahre verflossen sind und der Zauberbann keine Kraft mehr besitzt. So braucht er nur hindurchzuschreiten, das schlafende Dornröschen zu suchen und es wachzuküssen.« Wir hören dem Prinzen zu, wir fahren hin, wir fahren her, wir kehren zur Lahn zurück.

Am Ortsrand von Großfelden neigt sich, mit zwei Bögen über wuchtigem Rundpfeiler, die alte Steinbrücke über den Fluß. Winzige Fischlein stehen im seichten Wasser, heraus ragen dicke Büschel Riedgras und verfaulte Pfahlstrünke, auf denen der hölzerne Eisbrecher auflag. Als er durch Stahlträger ersetzt wurde, schimpfte Ubbelohde auf die grobschlächtige neue Zeit. Hier bei der Brücke sah der Hirt aus dem Märchen ein schneeweißes Knöchlein im Sande liegen, stieg hinab, hob es auf, schnitzte sich daraus ein Mundstück für sein Horn: da war es *Der singende Knochen,* und der Schäfer deckte die verruchte Mordtat auf, die der Sohn eines armen Mannes an seinem Bruder verübt hatte. Ubbelohde zeichnete den Brückenpfeiler, den Hirten, die Schafe, Hans zeichnete den Brückenbogen, die Häuser des Dorfs, die Reste des hölzernen Eisbrechers.

Über den alten Bachsteg führt der Pfad zu Ubbelohdes Haus. Die Atelierläden sind fest verrammelt, der Holzverschlag leergefegt, das Haus, weiß geschindelt, verschließt sich vor der Außenwelt. Eine Dame erscheint am Fenster und fragt: »Nach was suchen Sie?« Ja, wonach suchen wir? Wir sind Ubbelohdes Fußspuren bis hierher gefolgt, nun stehen wir vor seinem Wohnhaus, in dem er, krank und melancholisch, die letzten Jahre seines Lebens verbracht hat und am 8. Mai 1922 an Lymphdrüsenkrebs starb. Er hatte einen schweren Tod, doch auf dem Sterbebett zeichnete er bis zuletzt. Sein Ende, in Familienbriefen verbürgt, nahm einen Anfang in eine schlimme Geschichte, die in Großfelden ihre Runde machte. »Ich will ja nichts gesagt haben«, flüstert uns ein alter Mann auf der Dorfbrücke hinter vorgehaltener Hand zu, »aber im Dorf wird erzählt, Ubbelohde habe, als Freimaurer, das Los gezogen und soll sich beim Rasieren die Kehle durchgeschnitten haben, um seinen Häschern die scheußliche Arbeit abzunehmen.« Es gibt keinen Beweis, vielleicht eine Erklärung für dieses abscheuliche Gerücht. Zwielichtig zwischen Bewunderung und Verachtung, wie der Künstler im einfachen Volk auftritt, erleidet er oftmals das Schicksal des Ausgegrenzten, für den es kein Verständnis gibt. Sein Grab, unter zwei Pappeln verborgen, ist mit einer sanft gewölbten Platte bedeckt. Ein Bronzerelief nennt Namen und Lebensdaten von Otto und Hanna, seiner Frau, die Rosen im einen, die Pfeile im anderen Wappen erzählen von Liebe und Tod. Auf erzenem Roß sitzt das schöne Prinzenpaar, das er zu *Aschenputtel* gezeichnet hat: Aschenputtel sitzt im Damensitz, die Rechte um den Hals des Prinzen geschlungen, der Prinz umfängt ihre Hüfte mit seiner Linken. Ist das Relief nicht seitenverkehrt, sind es nicht die Lin-

ke Aschenputtels und die Rechte des Prinzen, die auf Ubbelohdes Bild zu sehen sind und auch auf dem Umschlag des Buches, das unser Prinz geschrieben hat? »Schaut euch den Prinz an«, sagt unser Prinz, der über den Prinzen nachgedacht hat, »ist es nicht eine ohnmächtige Figur? Was dagegen mußten die tapferen Mädchen nicht alles tun, um ihren Prinzen zu bekommen, die Gänsemagd, das Aschenputtel und auch die wahre Braut?« Wir stehen da und schauen, wir spazieren herum und schauen, wir fahren auf und ab, schauen und erblicken den Bräutigam und seine Braut, wie sie bei der Linde vorbeifahren, in der Tausende von Glühwürmern sitzen und dem Brautpaar heimleuchten.
Mitten im September ist es Frühling geworden, das Märchen hat die Jahreszeiten umgekehrt. Plötzlich ist es Burg Schweinsberg, zu der die Kutsche über das Kopfsteinpflaster hinauffährt. Doch wohnt nicht unser Prinz hier zu Füßen des Schlosses im Mittelhof, zwischen ausladenden Linden versteckt; oder sind es Kastanien, Platanen, Ahornbäume? Der Prinz, unser Freund, sitzt an seinem Tisch, er hat seine Bücher aufgeschlagen und legt die Märchen aus, diese Prinzengeschichten, aus denen er herausgetreten ist in die wirkliche Welt. Unten im Dorf bilden die Straßen ein Dreieck, nach der einen Seite führt der Weg über Niederofleiden nach Homberg, nach der zweiten über Rüdigheim nach Kirchhain, nach der dritten über Mardorf nach Marburg. Auf den Feldern brennen die ersten Herbstfeuer, ein Duft nach verbranntem Mai- und Kartoffelkraut zieht durch die Abendluft und mischt sich mit dem Duft der Linde. So erstaunlich es auch sein mag: wenn die Kutsche mit der wahren Braut angefahren kommt, bleibt dem wirklichen Duft nichts anderes übrig, als sich mit dem

Duft aus dem Märchen zu mischen. Da schwärmen die blinkenden Glühwürmer, da glänzen die erleuchteten Fenster im Schloß, da ist der ganze Hof auf der Treppe versammelt.
Wir fahren nach Marburg zurück, immer der Nase nach. Über dem Talgrund türmen sich die Hügel hintereinander, Felder und Wiesen wellen sich in langen Bahnen, am Horizont, jenseits der Lahn, oberhalb Wehrda, türmt sich der *Weiße Stein* auf. Ein dichter Tannenwald ist dem Sandsteinblock wie eine Mütze über den Kopf gestülpt, der helle Stein leuchtet zwischen den Stämmen und Ästen hervor; am Himmel ziehen die Sterne auf und überglänzen das Mädchen, das da im Felde steht, nackt und bloß und von aller Welt verlassen. Mütze und Leibchen und Hemd hatte es hergegeben, erzählt das Märchen *Die Sterntaler,* und wie es so stand und gar nichts mehr hatte, fielen auf einmal die Sterne vom Himmel und waren lauter harte blanke Taler. Wir schauen zum Himmel auf. Sternschnuppen fallen, Sternstaub wirbelt auf, Sternbilder brechen auseinander, Drache, Leier, Fuhrmann, mit einemmal löst sich auch der Gürtel des Orion, und die blitzenden Diamanten stürzen aus ihrer Fassung, mit lautem Getöse, als rasselten Geldstücke aus einem gigantischen Spielautomaten. Ist das Mädchen noch da, damit es die Münzen in sein Hemdchen sammeln und für sein Lebtag reich sein kann?

Aschenputtel

Einem reichen Manne, dem wurde seine Frau krank, und als sie fühlte, daß ihr Ende herankam, rief sie ihr einziges Töchterlein zu sich ans Bett und sprach: »Liebes Kind, bleib fromm und gut, so wird dir der liebe Gott immer beistehen, und ich will vom Himmel auf dich herabblicken und will um dich sein.« Darauf tat sie die Augen zu und verschied. Das Mädchen ging jeden Tag hinaus zu dem Grabe der Mutter und weinte und blieb fromm und gut. Als der Winter kam, deckte der Schnee ein weißes Tüchlein auf das Grab, und als die Sonne im Frühjahr es wieder herabgezogen hatte, nahm sich der Mann eine andere Frau.

Die Frau hatte zwei Töchter mit ins Haus gebracht, die schön und weiß von Angesicht waren, aber garstig und schwarz von Herzen. Da ging eine schlimme Zeit für das arme Stiefkind an. »Soll die dumme Gans bei uns in der Stube sitzen!« sprachen sie. »Wer Brot essen will, muß es verdienen: hinaus mit der Küchenmagd.« Sie nahmen ihm seine schönen Kleider weg, zogen ihm einen grauen alten Kittel an und gaben ihm hölzerne Schuhe. »Seht einmal die stolze Prinzessin, wie sie geputzt ist!« riefen sie, lachten und führten es in die Küche. Da mußte es von Morgen bis Abend schwere Arbeit tun, früh vor Tag aufstehn, Wasser tragen, Feuer anmachen, kochen und waschen. Obendrein taten ihm die Schwestern alles ersinnliche Herzeleid an, verspotteten es und schütteten ihm die Erbsen und Linsen in die Asche, so daß es sitzen und sie wieder auslesen mußte. Abends, wenn es sich müde gearbeitet hatte, kam es in kein Bett, sondern mußte sich neben den Herd in die Asche legen. Und weil es darum immer staubig und schmutzig aussah, nannten sie es *Aschenputtel.*

Es trug sich zu, daß der Vater einmal in die Messe ziehen wollte, da fragte er die beiden Stieftöchter, was er ihnen mitbringen sollte. »Schöne Kleider«, sagte die eine, »Perlen und Edelsteine«, die zweite. »Aber du, Aschenputtel«, sprach er, »was willst du haben?« – »Vater, das erste Reis, das Euch auf Eurem Heimweg an den Hut stößt, das brecht für mich ab.« Er kaufte nun für die beiden Stiefschwestern schöne Kleider, Perlen und Edelsteine, und auf dem Rückweg, als er durch einen grünen Busch ritt, streifte ihn ein Haselreis und stieß ihm den Hut ab. Da brach er das Reis ab und nahm es mit. Als er nach Haus kam, gab er den Stieftöchtern, was sie sich gewünscht hatten, und dem Aschenputtel gab er das Reis von dem Haselbusch. Aschenputtel dankte ihm, ging zu seiner Mutter Grab und pflanzte das Reis darauf und weinte so sehr, daß die Tränen darauf niederfielen und es begossen. Es wuchs aber und ward ein schöner Baum. Aschenputtel ging alle Tage dreimal darunter, weinte und betete, und allemal kam ein weißes Vöglein auf den Baum, und wenn es einen Wunsch aussprach, so warf ihm das Vöglein herab, was es sich gewünscht hatte.

Es begab sich aber, daß der König ein Fest anstellte, das drei Tage dauern sollte und wozu alle schönen Jungfrauen im Lande eingeladen wurden, damit sich sein Sohn eine Braut aussuchen möchte. Die zwei Stiefschwestern, als sie hörten, daß sie auch dabei erscheinen sollten, waren guter Dinge, riefen Aschenputtel und sprachen: »kämm uns die Haare, bürste uns die Schuhe und mache uns die Schnallen fest, wir gehen zur Hochzeit auf des Königs Schloß.« Aschenputtel gehorchte, weinte aber, weil es auch gern zum Tanz mitgegangen wäre,

und bat die Stiefmutter, sie möchte es ihm erlauben. »Du, Aschenputtel«, sprach sie, »bist voll Staub und Schmutz und willst zur Hochzeit? Du hast keine Kleider und Schuhe und willst tanzen!« Als es aber mit Bitten anhielt, sprach sie endlich: »Da habe ich dir eine Schüssel Linsen in die Asche geschüttet, wenn du die Linsen in zwei Stunden wieder ausgelesen hast, so sollst du mitgehen.«

Das Mädchen ging durch die Hintertüre nach dem Garten und rief: »ihr zahmen Täubchen, ihr Turteltäubchen, all ihr Vöglein unter dem Himmel, kommt und helft mir lesen,

die guten ins Töpfchen,
die schlechten ins Kröpfchen.«

Da kamen zum Küchenfenster zwei weiße Täubchen herein und danach die Turteltäubchen, und endlich schwirrten und schwärmten alle Vöglein unter dem Himmel herein und ließen sich um die Asche nieder. Und die Täubchen nickten mit den Köpfchen und fingen an pik, pik, pik, pik, und da fingen die übrigen auch an pik, pik, pik, pik, und lasen alle guten Körnlein in die Schüssel. Kaum war eine Stunde herum, so waren sie schon fertig und flogen alle wieder hinaus. Da brachte das Mädchen die Schüssel der Stiefmutter, freute sich und glaubte, es dürfte nun mit auf die Hochzeit gehen. Aber sie sprach: »nein, Aschenputtel, du hast keine Kleider und kannst nicht tanzen: du wirst nur ausgelacht.« – Als es nun weinte, sprach sie: »wenn du mir zwei Schüsseln voll Linsen in einer Stunde aus der Asche rein lesen kannst, so sollst du mitgehen«, und dachte: »das kann es ja nimmermehr.« Als sie die zwei Schüsseln Linsen in die Asche geschüttet hatte, ging das Mädchen durch die Hintertüre nach dem Garten und rief: »Ihr zahmen Täubchen, ihr Turteltäubchen, all ihr Vöglein unter dem Himmel, kommt und helft mir lesen,

die guten ins Töpfchen,
die schlechten ins Kröpfchen.«

Da kamen zum Küchenfenster zwei weiße Täubchen herein und danach die Turteltäubchen, und endlich schwirrten und schwärmten alle Vöglein unter dem Himmel herein und ließen sich um die Asche nieder. Und die Täubchen nickten mit ihren Köpfchen und fingen an pik, pik, pik, pik, und da fingen die übrigen auch an pik, pik, pik, pik, und lasen alle guten Körner in die Schüsseln. Und eh' eine halbe Stunde herum war, waren sie schon fertig und flogen alle wieder hinaus. Da trug das Mädchen die Schüsseln zu der Stiefmutter, freute sich und glaubte, nun dürfte es mit auf die Hochzeit gehen. Aber sie sprach: »es hilft dir alles nichts: du kommst nicht mit, denn du hast keine Kleider und kannst nicht tanzen; wir müßten uns deiner schämen.« Darauf kehrte sie ihm den Rücken zu und eilte mit ihren zwei stolzen Töchtern fort.

Als nun niemand mehr daheim war, ging Aschenputtel zu seiner Mutter Grab unter den Haselbaum und rief:

»Bäumchen, rüttel dich und schüttel dich,
wirf Gold und Silber über mich.«

Da warf ihm der Vogel ein golden und silbern Kleid herunter und mit Seide und Silber ausgestickte Pantoffeln. In aller Eile zog es das Kleid an und ging zur Hochzeit. Seine Schwestern aber und die Stiefmutter kannten es nicht und meinten, es müßte eine fremde Königstochter sein, so schön sah es in dem goldenen Kleide aus. An Aschenputtel dachten sie gar nicht und dachten, es säße daheim im Schmutz und suchte die Linsen aus der Asche. Der Königssohn kam ihm entgegen, nahm es bei der Hand und tanzte mit ihm. Er wollte auch mit sonst niemand tanzen, also daß er ihm die Hand nicht losließ, und wenn ein anderer kam, es aufzufordern, sprach er: »das ist meine Tänzerin.«

Es tanzte, bis es Abend war, da wollte es nach Haus gehen. Der Königssohn aber sprach: »ich gehe mit und begleite dich«, denn er wollte sehen, wem das schöne Mädchen angehörte. Sie entwischte ihm aber und sprang in das Taubenhaus. Nun wartete der Königssohn, bis der Vater kam, und sagte ihm, das fremde Mädchen wär' in das Taubenhaus gesprungen. Der Alte dachte: »sollte es Aschenputtel sein«, und sie mußten ihm Axt und Hacken bringen, damit er das Taubenhaus entzweischlagen konnte; aber es war niemand darin. Und als sie ins Haus kamen, lag Aschenputtel in seinen schmutzigen Kleidern in der Asche, und ein trübes Öllämpchen brannte im Schornstein; denn Aschenputtel war geschwind aus dem Taubenhaus hinten herabgesprungen und war zu dem Haselbäumchen gelaufen: da hatte es die schönen Kleider abgezogen und aufs Grab gelegt, und der Vogel hatte sie wieder weggenommen, und dann hatte es sich in seinem grauen Kittelchen in die Küche zur Asche gesetzt.

Am andern Tag, als das Fest von neuem anhub und die Eltern und Stiefschwestern wieder fort waren, ging Aschenputtel zu dem Haselbaum und sprach:

»Bäumchen, rüttel dich und schüttel dich
wirf Gold und Silber über mich.«

Da warf der Vogel ein noch viel stolzeres Kleid herab als am vorigen Tag. Und als es mit diesem Kleide auf der Hochzeit erschien, erstaunte jedermann über seine Schönheit. Der Königssohn aber hatte gewartet, bis es kam, nahm es gleich bei der Hand und tanzte nur allein mit ihm. Wenn die andern kamen und es aufforderten, sprach er: »das ist meine Tänzerin.« Als es nun Abend war, wollte es fort, und der Königssohn ging ihm nach und wollte sehen, in welches Haus es ging: aber es sprang ihm fort und in den Garten hinter dem Haus. Darin stand ein schöner großer Baum, an dem die herrlichsten Birnen hingen, es kletterte so behend wie ein Eichhörnchen zwischen die Äste, und der Königssohn wußte nicht, wo es hingekommen war. Er wartete aber, bis der Vater kam, und sprach zu ihm : »das fremde Mädchen ist mir entwischt, und ich glaube, es ist auf den Birnbaum gesprungen.« Der Vater dachte: »sollte es Aschenputtel sein«, ließ sich die Axt holen und hieb den Baum um, aber es war niemand darauf. Und als sie in die Küche kamen, lag Aschenputtel da in der Asche, wie sonst auch; denn es war auf der andern Seite vom Baum herabgesprungen, hatte dem Vogel auf dem Haselbäumchen die schönen Kleider wieder gebracht und sein graues Kittelchen angezogen.

Am dritten Tag, als die Eltern und Schwestern fort waren, ging Aschenputtel wieder zu seiner Mutter Grab und sprach zu dem Bäumchen:

»Bäumchen, rüttel dich und schüttel dich,
wirf Gold und Silber über mich.«

Nun warf ihm der Vogel ein Kleid herab, das war so prächtig und glänzend, wie es noch keins gehabt hatte, und die Pantoffeln waren ganz golden. Als es in dem Kleid zu der Hochzeit kam, wußten sie alle nicht, was sie vor Verwunderung sagen sollten. Der Königssohn tanzte ganz allein mit ihm, und wenn es einer aufforderte, sprach er: »das ist meine Tänzerin.«

Als es nun Abend war, wollte Aschenputtel fort, und der Königssohn wollte es begleiten, aber es entsprang ihm so geschwind, daß er nicht folgen konnte. Der Königssohn hatte aber eine List gebraucht und hatte die ganze Treppe mit Pech bestreichen lassen: da war, als es hinabsprang, der linke Pantoffel des Mädchens hängengeblieben. Der Königssohn hob ihn auf, und er war klein und zierlich und ganz golden. Am nächsten Morgen ging er damit zu dem Mann und sagte zu ihm: »Keine andere soll meine Gemahlin werden als die, an deren Fuß dieser goldene Schuh paßt.« Da freuten sich die beiden Schwestern, denn sie hatten schöne Füße. Die Älteste ging mit dem Schuh in die Kammer und wollte ihn anprobieren, und die Mutter stand dabei. Aber sie konnte mit der großen Zehe nicht hineinkommen, und der Schuh war ihr zu klein; da reichte ihr die Mutter ein Messer und sprach: »hau die Zehe ab: wann du Königin bist, so brauchst du nicht mehr zu Fuß zu gehen.« Das Mädchen hieb die Zehe ab, zwängte den Fuß in den Schuh, verbiß den Schmerz und ging heraus zum Königssohn. Da nahm er sie als seine Braut aufs Pferd und ritt mit ihr fort. Sie mußten aber an dem Grabe vorbei; da saßen die zwei Täubchen auf dem Haselbäumchen und riefen:

»rucke di guck, rucke di guck,
Blut ist im Schuck (Schuh):
Der Schuck ist zu klein,
die rechte Braut sitzt noch daheim.«

Da blickte er auf ihren Fuß und sah, wie das Blut herausquoll. Er wendete sein Pferd um, brachte die falsche Braut wieder nach Haus und sagte, das wäre nicht die rechte; die andere Schwester sollte den Schuh anziehen. Da ging diese in die Kammer und kam mit den Zehen glücklich in den Schuh, aber die Ferse war zu groß. Da reichte ihr die Mutter ein Messer und sprach: »hau ein Stüek von der Ferse ab: wann du Königin bist, brauchst du nicht mehr zu Fuß zu gehen.« Das Mädchen hieb ein Stück von der Ferse ab, zwängte den Fuß in den Schuh, verbiß den Schmerz und ging heraus zum Königssohn. Da nahm er sie als seine Braut aufs Pferd und ritt mit ihr fort. Als sie an dem Haselbäumchen vorbeikamen, saßen die zwei Täubchen darauf und riefen :

»rucke di guck, rucke di guck,
Blut ist im Schuck:
Der Schuck ist zu klein,
die rechte Braut sitzt noch daheim.«

Er blickte nieder auf ihren Fuß und sah, wie das Blut aus dem Schuh quoll und an den weißen Strümpfen ganz rot heraufgestiegen war. Da wendete er sein Pferd und brachte die falsche Braut wieder nach Haus. »Das ist auch nicht die rechte«, sprach er, »habt Ihr keine andere Tochter?« »Nein«, sagte der Mann, »nur von meiner verstorbenen Frau ist noch ein kleines verbuttetes Aschenputtel da: das kann unmöglich die Braut sein.« Der Königssohn sprach, er sollte es heraufschicken, die Mutter aber antwortete: »ach nein, das ist viel zu schmutzig, das darf sich nicht sehen lassen.« Er wollte es aber durchaus haben, und Aschenputtel mußte gerufen werden. Da wusch es sich erst Hände und Angesicht rein, ging dann hin und neigte sich vor dem Königssohn, der ihm den goldenen Schuh reichte. Dann setzte es sich auf einen Schemel, zog den Fuß aus dem schweren Holzschuh und steckte ihn in den Pantoffel, der war wie angegossen. Und als es sich in die Höhe richtete und der König ihm ins Gesicht sah, so erkannte er das schöne Mädchen, das mit ihm getanzt hatte, und rief: »das ist die rechte Braut!« Die Stiefmutter und die beiden Schwestern erschraken und wurden bleich vor Ärger: er aber nahm Aschenputtel aufs Pferd und ritt mit ihm fort. Als sie an dem Haselbäumchen vorbeikamen, riefen die zwei weißen Täubchen :

»Rucke di guck, rucke di guck,
kein Blut im Schuck:
der Schuck ist nicht zu klein,
die rechte Braut, die führt er heim.«

Und als sie das gerufen hatten, kamen sie beide herabgeflogen und setzten sich dem Aschenputtel auf die Schultern, eine rechts, die andere links, und blieben da sitzen.

Als die Hochzeit mit dem Königssohn sollte gehalten werden, kamen die falschen Schwestern, wollten sich einschmeicheln und teil an seinem Glück nehmen. Als die Brautleute nun zur Kirche gingen, war die Älteste zur rechten, die Jüngste zur linken Seite: da pickten die Tauben einer jeden das eine Auge aus. Hernach, als sie herausgingen, war die Älteste zur linken und die Jüngste zur rechten: da pickten die Tauben einer jeden das andere Auge aus. Und waren sie also für ihre Bosheit und Falschheit mit Blindheit auf ihr Lebtag gestraft.

Ein hundertjähriger Schlaf

Mutters Kusine Gertrud hatte ihr Nähstübchen in Großvaters Haus ganz oben unter dem Dach. Es war eine kleine, niedrige Mansarde, bis unter die Decke vollgepackt mit Modekatalogen, Schnittmusterbögen und alten illustrierten Zeitungen. Die Nähmaschine unter der Dachgaupe schnurrte tagaus, tagein. Von morgens früh bis abends spät saß Gertrud auf ihrem Schemel, warf mit flinker Handbewegung das Schwungrad an, bewegte ihre Füße geschickt auf dem Tritt, drehte und wendete die Stoffbahnen unter dem gebogenen Steppfuß.

Von Kindesbeinen an saßen mein Bruder und ich auf unseren beiden Kinderstühlchen mitten in der Stube, sahen zu, wie sich auf der blankpolierten Nähmaschinenplatte die Unter- und die Oberfäden miteinander verschlangen und hörten, wie die Räder und Rädchen mit einschläferndem Schnurren ineinandergriffen. Es summte und schwirrte, und wenn Gertrud von ihrem Schemel aufstand, den Knopfkasten suchte oder das Bügeleisen hervorholte, wiegte uns die Stille in behagliche Tagträume. Dann sannen wir Gertruds Wörtern nach, denn beim Annähen der Knöpfe und beim Bügeln der Nähte erzählte sie uns Märchen, die wir zwar schon dutzendmal gehört hatten, doch nicht müde wurden, ihrem gleichbleibenden Wortlaut immer wieder zu lauschen.

Am weitesten zurück reicht meine Erinnerung an das Märchen von Dornröschen. Ich war noch nicht in der Schule, konnte weder lesen noch schreiben, doch meine Gier zuzuhören war lustvoll ausgeprägt –, und so spitzte ich auch an diesem frühen Morgen mit gespannter Aufmerksamkeit die Ohren. Gertrud erzählte ein Märchen und erzählte im selben Atemzug von sich selber. Als sie bei der Stelle angelangt war, an der es von Dornröschen heißt, es sei allerorten im Schloß herumgegangen, habe Stuben und Kammern besehen und endlich einen alten Turm gefunden, senkte Gertrud ihre Stimme, und fast im Flüsterton erzählte sie weiter: »Es stieg die enge Wendeltreppe hinauf und gelangte zu einer kleinen Türe. In dem Schloß steckte ein verrosteter Schlüssel, und als es ihn umdrehte, sprang die Türe auf, und da saß in einem kleinen Stübchen eine alte Frau mit einer Spindel und spann emsig ihren Flachs.« Ich schaute auf, sah Gertrud an der Nähmaschine sitzen, sah die mit Modekatalogen und Schnittmusterbögen vollbepackte Stubenecke, sah den Knopfkasten und das Bügeleisen auf dem Wandregal, das Mansardenfenster und die schräge Zimmerdecke – und erinnerte mich augenblicklich an ein Bild im illustrierten Märchenbuch der Brüder Grimm: Darauf ist das Spinnstübchen der alten Frau aus dem Märchen zu sehen, zum Verwechseln ähnlich Gertruds Nähstübchen aus dem wirklichen Leben. Anstelle eines Knopfkastens steht eine Zuckerdose auf dem Wandregal, anstelle des Bügeleisens hängt ein Krug am Haken.

Die Dachschräge ist aus Holzbrettern gezimmert, und das Mansardenfenster ist bleiverglast. Da sitzt nun die Frau am Fenster, und mit ihrer Hakennase gleicht sie Gertrud wie aus dem Gesicht geschnitten. Vor ihr kniet ein Mädchen in langem, weißem Kleide. Es ist Dornröschen. Dornröschen ist schön: Es trägt langes, blondes Haar, das ihr über Schultern und Rücken bis fast auf den Boden herabwallt.

Am nächsten Morgen brachten wir das Märchenbuch in Gertruds Nähstube mit. Wir blätterten darin, suchten und fanden das Bild, worauf Dornröschen mit erstaunten Augen auf den ominösen spitzen Gegenstand schaut. »Was ist das für ein Ding, das so lustig herumspringt?« las uns Gertrud die Bildunterschrift vor, schaute das Bild genau an, sah uns erwartungsvoll auf unseren Stühlchen sitzen und fuhr fort: »Dieses lustige Ding ist eine Spindel« –, doch sie mühte sich vergeblich uns zu erklären, was eine Spindel ist. Ich war vier, vielleicht fünf Jahre alt, nie zuvor hatte ich eine wirkliche Spindel gesehen; diese abgebildete Spindel war so klein gezeichnet, daß ich nichts genau erkennen konnte, allenfalls die gefährliche Spitze, an der sich Dornröschen in den Finger sticht und in einen hundertjährigen Schlaf fällt.

Ja, was ist das wohl für ein Ding, das vor den Augen eines jungen Mädchens so lustig herumspringt, und es aufpassen muß, nicht wie Dornröschen davon gestochen zu werden? Was mag dieser kegelförmige Körper, der sich nach vorne zur Spitze verlängert und so heftig stechen kann, daß ein junges Mädchen unweigerlich zu bluten anfängt –, was mag das wohl für ein Ding sein? Man brauche nicht viel Phantasie, um die Nebenbedeutung der Spindel zu verstehen, las ich fünfzig Jahre später in einem Buch des Märchen- und Seelenforschers Bruno Bettelheim, und ich begann, mir den Kopf zu zerbrechen über das Interesse der Seelenforscher an jungen Mädchen, die vor Neugierde platzen zu erfahren, was es wohl mit diesem lustigen Ding auf sich hat und sich nicht scheuen, dieses Ding zu berühren, sobald es sich ihnen nur auffällig genug zeigt. Mich allerdings, damals ein kleiner Junge, auf den Professor Bettelheims Menstruationstheorie nicht anwendbar war, beschäftigten all die Jahre zwei ganz andere Fragen: Was bedeutet mir die rätselhafte Gleichheit von Gertruds Nähstübchen mit der Spinnstube der alten Frau –, und wie erkläre ich mir die folgenreiche Ungleichheit eines erquicklichen Nickerchens mit einem ungewöhnlichen hundertjährigen Schlaf!
Nachdem ich Ludwig Richters Bild im Märchenbuch der Brüder Grimm gesehen hatte, fühlte ich mich aus Gertruds Nähstübchen in die Spinnstube der alten Frau versetzt. Bald wußte ich nicht mehr, wo ich mich befand, in einem wirklichen Nähstübchen oder in der Spinnstube des Märchens. In meinem kindlichen Kopf verwandelten sich beide Stuben immer wieder ineinander, Gertruds Modekataloge und Schnittmusterbögen nahmen die Gestalt der zusammengefalteten Handtücher auf dem Wandregal des alten Mütterchens an, das

Bügeleisen wurde zum Henkeltopf und der Knopfkasten zur Zuckerdose. Am Ende verwechselte ich Nähstube und Spinnstube miteinander, wirkliches und vorgestelltes Stübchen waren eins und dasselbe. Es gab kein Entrinnen. Im Türschloß steckte der Schlüssel von außen –, und als Kind war ich in dem Irrglauben gefangen: Wenn der Schlüssel außen steckt, kann man die Tür von innen nicht öffnen und muß ewig in diesem Stüb-

chen eingeschlossen bleiben. Vielleicht rühren von dieser Verwechslung her meine Schwierigkeiten mit dem Wahrhaftigkeitsanspruch der Realität, die ich bis ins Alter behalten habe. Wie oft muß ich in diesem Gedankenspiel innehalten und mir eingestehen: Nicht mehr lange, dann sind siebzig Jahre vergangen, seit ich in diesem rätselhaften Stübchen verschwunden bin. »Was mögen die Leute denken«, würde meine Mutter sagen, wenn sie noch am Leben wäre und mich auf dem Stühlchen sitzen sähe, wo auf Ludwig Richters Bild das neugierige Kätzchen mit gespitzten Ohren und geringeltem Schwanz es sich bequem gemacht hat. Und beim Weiterspinnen meiner Gedanken sage ich mir: Wenn nicht bald jemand kommt und die Tür öffnet, sitze ich so lange in die-

ser Mansarde wie Dornröschen darin geschlafen hat. Zum Glück ist das Schlüsselloch groß genug, damit wenigstens meine Phantasie ein- und ausschlüpfen kann.
Leider gibt es nur noch sehr wenige, die sich an Gertruds Nähstübchen erinnern, die meisten sind gestorben, andere sind weggezogen und nicht wieder zurückgekehrt. So wie sie alle kann auch ich die kleine Mansarde nicht wieder aufsuchen, denn Großvaters Haus ist längst an eine türkische Familie verkauft. Allenfalls an Silvester, wenn der Kaufmannssohn im fliegenden Koffer durch die Lüfte kutschiert, seine Raketen und Knallerbsen zündet, alle Türken aus dem Haus kommen und in die Höhe hüpfen, daß ihnen die Pantoffeln um die Ohren fliegen, kehrt aus dem Märchen vom fliegenden Koffer die Erinnerung an meine Kindheit zurück: Ich halte im Silvestertrubel für einen Augenblick inne und denke an Gertruds Nähstübchen unter der Dachschräge.
Es ist die mittlere Mansarde. In der linken hat Mutter meinen Bruder und mich zur Welt gebracht, in der rechten standen Truhen mit ausrangierten Kleidern und Hausrat, die Großvater zum Wegwerfen zu schade schienen: sein festlicher Bergmannsanzug samt Mütze mit Feder, Großmutters Hochzeitskleid und eine Ausgabe mit Luthers Schriften in Leder und Goldschnitt. Wenn ich die Augen schließe, höre ich aus der mittleren Mansarde das Summen von Gertruds Nähmaschine, oder ist es nicht doch das Schnurren des Spinnrads, an dessen Spindel sich Dornröschen in den Finger stach?
Otto Ubbelohde hat diese Szene nicht gezeichnet. Von ihm gibt es kein Bild des Spinnstübchens, kein Bild der alten Frau, kein Bild Dornröschens und auch kein Bild der Spindel. Auf seinem ersten Bild schläft schon das ganze Schloß. Auch wenn

im Märchen die Pferde im Stall, die Tauben auf dem Dach und die Fliegen an der Wand eingeschlafen sind: Auf Ubbelohdes Bild liegen ein Roß und drei Hunde, lang hingestreckt, im Schloßhof von Weilburg; zwei Wächter, ihre Köpfe in die Hände geschmiegt, lehnen an der Innenseite der Mauer –, und die Dornenhecke hat gerade begonnen, an der Hauswand hochzukriechen. Sein zweites Bild zeigt die Dornenhecke in ihrem vollen Wuchs. Es ist der Augenblick, von dem es im Märchen heißt: »Als der Königssohn sich der Dornenhecke näherte ...« und man sieht ihn hinter fünf hochstämmigen Krüppelkiefern unter einem einzeln dastehenden Baum auf seinem Roß sitzen, das Visier heruntergeklappt, die Lanze erhoben –, noch bevor es im Märchen weiterheißt: »... waren es lauter große schöne Blumen, die taten sich von selbst auseinander.« Ein Bauer, den Hut in der Hand, zeigt mit seiner ausgestreckten Linken nach der aufgewölbten Dornenhecke, aus der sich eine Turmzwiebel und eine Giebelspitze in den Himmel recken. Auf Ubbelohdes Bild verharren Roß und Reiter im Amöneburger Becken vor dem dornenumwachsenen Basaltkegel. Nur ein paar Schritte fehlen, bis die Dornenhecke eine Gasse bildet und den rechten Königssohn unbeschädigt hindurchläßt.

Mir geht es wie dem Prinzen. Die dichte Dornenhecke aus dem Märchen ist zwar längst verschwunden und saftigen Wiesen mit großen schönen Blumen gewichen, doch ich finde einen Feldweg, gesäumt von blühendem Schwarzdorn, der aus dem Becken bergauf führt. Vielleicht ist der erlösende Prinz diesen Weg auch gegangen. Die Linien der Landschaft sind weich gezeichnet, die Farbe des Dorns zart gebrochen, Ubbelohde hat den immer wiederkehrenden einfachen Sprachmustern des Märchens seine ornamentalen Fäden des Jugendstils hinzu-

gewoben. Alles in seinen Bildern ist Schnörkel, bewegte Linie, versponnener Strich.
Schraffierte Stämme recken sich wie krumme Fahnenstangen, umschlingen einander und enden in einem Gewirr von Stengeln und Spiralen; Äste wie flatternde Wimpel, Zweige wie zerfetzte Fähnchen. Entlang der Schwarzdornhecke und dem Kieferngebüsch steige ich zur Ruine einer Festung hinauf, überquere den Burggraben, erreiche die Reste einer Mauer, in welcher der Turm mit der geschweiften Wendeltreppe gewesen sein könnte. Ich stelle mir vor: den geflochtenen Korb am Balken der Wandverkleidung, das ruhende Kätzchen mit dem geringelten Schwanz und Dornröschen, kniend vor der gewundenen Spindel in der Hand der alten Frau. Dornröschens gekräuseltes Haar mit der geknoteten Schleife, ihr wallendes Kleid mit den geblähten Ärmeln flirren mir vor den Augen: Meine Märchenreise mit Otto Ubbelohde ist ein Ausflug in die Schnörkelwelt des Jugendstils, worin ich Ludwig Richters Biedermeierromantik wiederfinde.
So habe ich mich selbst mit kühnen Gedankensprüngen in diese Welt der Arabesken versetzt, habe meinen Weg viele Male unterbrochen und die Richtung gewechselt, bin ausgebüxt und abgeschweift, habe mich, Umwege liebend, in Erinnerungen verloren und leichtsinnigerweise fast in die Seelenkunde verirrt. Ich habe eine Grenze überschritten, bin aus den »Verkehrtheiten des Lebens« in die »Wahrheit der Erzählung« übergewechselt, wie Jacob und Wilhelm Grimm in ihrer Vorrede zu den gesammelten Märchen diese Grenzüberschreitung beschreiben. Dabei dürfe man aber nicht dem Irrglauben erliegen, daß das, »was in einem gedruckten Buche ausführbar, es auch im wirklichen Leben sei.« Dieser Wahrheit der Erzäh-

lung auf die Spur kommen, bedeutet, ihren Wegen, ihren Gesetzen, ihren Zielen unermüdlich zu folgen: »Wer hätte Lust, der Poesie Grenzen abzustecken?«
Ein hundertjähriger Schlaf: Das ist kein Ammenmärchen für kleine Kinder, keine fixe Idee von erlösungssüchtigen Tagträumern, ganz im Gegenteil. Seit sich die Schlafforschung mit diesem Thema beschäftigt, ist das Motiv des Märchens zum Gegenstand der modernen Medizin geworden. Als Walt Disney im Jahre 1966 krebskrank im Sterben lag, spielte er mit dem Gedanken, seinen Körper einfrieren zu lassen, bis es möglich wäre, die Krankheit zu kurieren. Obwohl er den Segnungen des medizinischen Fortschritts nicht mehr teilhaftig wurde, seine Hoffnung war keine pure Illusion! Fast wäre sie, wenn ich eine Zeitungsmeldung richtig im Gedächtnis behalten habe, einem Franzosen in Erfüllung gegangen. Seine Frau, nach ihrem Tod eingefroren, mußte wieder aufgetaut werden, nachdem es dem Ehemann verweigert wurde, ihr nach seinem Tod in einträchtigem Eisschlaf Gesellschaft zu leisten. Inzwischen liegen zuversichtliche Patienten im Heilschlaf und künstlichen Koma, vertrauen sich guten Mutes der neuentwickelten Schlaf- und Ruhehypnose durch Akupunktur an in der Zuversicht, vom Heilsversprechen ewiger Jugend zu profitieren.
Geduld ist geboten, vor allem beharrliches Studium der Methoden! Als unlängst eine Arbeitsgruppe chinesischer Ärzte zum Kennenlernen europäischer Psychohygiene Deutschland besuchte und feststellen mußte, daß hiesige Ärzte auf unterhaltsamen Wochenendkursen in Akupunktur ausgebildet werden, rauften sie sich vor Entsetzen die Haare: In China dauert die akademische Ausbildung in Akupunktur mit staatlichem Diplom sieben Jahre. Das einzige, was sie konstatierten, war der

magere Erfolg deutscher Intensivmedizin, durch Verlängerung der Narkose ein Leben über ein paar Wochen hinzustrecken. »Tausend Jahre möcht' ich alt werden!« röchelt ein deutscher Patient in der eisernen Lunge: Den Hals mit einer Gummimanschette abgedichtet, hechelt er, in einer engen Metallkammer wechselndem Unter- und Überdruck ausgesetzt, den nächsten tausend Jahren hoffnungsvoll entgegen. Möglicherweise wird es aber nicht mehr lange dauern, bis die Gentechnik geklonte Dornröschen hervorbringen wird, denen ein vielhundertjähriger Schlaf beschieden ist, wenn nicht sogar das ewige Leben.

»Für jeden Menschen gibt es ein Urbild aus dem Märchen«, läßt uns der Philosoph Adorno wissen, »man muß nur lange genug suchen.« Vielleicht reichen hundert Jahre, dann wird jeder sein Dornröschen finden, es ein für alle Male wachzuküssen, auch der Heilschläfer und der akupunktierte Narkotiker, sogar der Mann in der eisernen Lunge. Im Märchen muß der Königssohn küssen können, sonst nichts. Er sucht die Schöne, die Liebliche, die Gute, die im deutschen Märchen keine sonnengebräunte Blondine ist, sondern das Aschenputtel, das Schneewittchen, das Dornröschen mit bleicher Haut, roten Wangen und schwarzem Haar: weiß wie Schnee, rot wie Blut und schwarz wie Ebenholz. Wer dem Hänsel nacheifert, für den Gretel die Hexe in den Ofen schubst, wer dem Brüderchen nachfolgt, das sich, in ein Reh verwandelt, am goldenen Strumpfband führen läßt, wer sich das Kürdchen als Beispiel nimmt und der Gänsemagd hinterherläuft, ihr ein paar Haare auszuraufen, der kommt dem nur auf sein Glück erpichten Königssohn am nächsten und wird am Ende die Königstochter finden und sie küssend erlösen. Auch im wirklichen Leben muß der Liebhaber küssen können, sonst bleibt ihm die Braut verwehrt. Er muß lernen, daß es im Leben darauf ankommt, im rechten Augenblick die Hand ins Spiel zu bringen, keinen Moment zu früh, damit es ihm nicht ergeht wie dem Bewerber, der unzeitig zur Stelle ist und in den Dornen umkommt, aber auch keinen Moment zu spät, damit nicht schon ein cleverer Hansdampf ihm das Dornröschen weggeschnappt hat. Wer im rechten Augenblick ankommt, vor dem weicht die undurchdringlich scheinende Dornenhecke von selbst zurück. Heilschlaf hin, Ruhehypnose her, rechter Augenblick im Sinn, ein Küßchen in Ehren: Leider wird in der globalisierten Zukunft, die uns ja allen unmittelbar bevorsteht, dem Glück nicht mehr entgegengeschlafen. Auf die berühmten Zeitreisenden aus den Science fiction-Romanen, die den namenlosen Prinzen aus den Märchen nachfolgen, wartet kein schlafendes Dornröschen mehr. In ihren Raumschiffen entlang der Zeitdimension kutschierend, suchen sie, von hochgesteckten Erwartungen getrieben, nach den erträumten weiblichen Idolen aus den fernen Galaxien. So präsentiert der Zeitreisende in der Geschichte von H. G. Wells seinen Freunden und Bekannten voller Erfinder- und Entdeckerlust die imposante Maschine, mit der er ungehindert durch die Zeit reisen werde. Sie sehe zwar etwas schiefwinklig aus und eine Welle flimmere, als sei sie irgendwie irreal, erzählt er und zeigt auf zwei kleine weiße Hebel: »Wenn ich diesen Hebel umlege, wird die Maschine in die Zukunft entschwinden, und dieser andere Hebel kehrt die Bewegung um.«

Aber sein Dornröschen, die kleine Weena, stirbt, und am Ende ist er immer noch, den Mißhelligkeiten der irdischen Welt entfliehend, mit seiner Flugmaschine unterwegs, sich den Gefahren des Kosmos auszuliefern. Ein entfernter Verwandter aus dem Märchen, sucht er unentwegt, im rechten Augenblick bei seiner Dornenhecke anzukommen, hinter der vielleicht eine neue Weena auf ihn wartet. »Ich kann nicht verlangen, daß Sie das alles glauben«, erzählt er Freunden und Bekannten vor seiner letzten Reise ohne Wiederkehr, »halten Sie es für eine Lüge – oder betrachten Sie es als eine Prophezeiung. Nehmen Sie an, ich hätte es in meiner Werkstatt geträumt. Denken Sie, ich hätte über das Schicksal unseres Geschlechtes sinniert, bis ich diese Dichtung ausgebrütet habe. Betrachten Sie meine Versicherung ihrer Wahrheit als einen bloßen Kunstgriff, um Ihr Interesse zu vertiefen. Nehmen Sie's also als Roman.« Der Zeitreisende konnte die unterschiedliche Wirkungsweise seines Apparates von der einer vertrauten Maschine nicht erklären, ebenso wenig, wie ich die flirrende Grenze zwischen Wirklichkeit und Vorstellung erklären kann.

Und auch was eine Spindel ist, weiß ich immer noch nicht.

Dornröschen

Vor Zeiten war ein König und eine Königin, die sprachen jeden Tag: »ach, wenn wir doch ein Kind hätten!« und kriegten immer keins. Da trug sich zu, als die Königin einmal im Bade saß, daß ein Frosch aus dem Wasser ans Land kroch und zu ihr sprach: »dein Wunsch wird erfüllt werden, ehe ein Jahr vergeht, wirst du eine Tochter zur Welt bringen.« Was der Frosch gesagt hatte, das geschah, und die Königin gebar ein Mädchen, das war so schön, daß der König vor Freude sich nicht zu lassen wußte und ein großes Fest anstellte. Er ladete nicht bloß seine Verwandte, Freunde und Bekannte, sondern auch die weisen Frauen dazu ein, damit sie dem Kind hold und gewogen wären. Es waren ihrer dreizehn in seinem Reiche, weil er aber nur zwölf goldene Teller hatte, von welchen sie essen sollten, so mußte eine von ihnen daheim bleiben. Das Fest ward mit aller Pracht gefeiert, und als es zu Ende war, beschenkten die weisen Frauen das Kind mit ihren Wundergaben: die eine mit Tugend, die andere mit Schönheit, die dritte mit Reichtum und so mit allem, was auf der Welt zu wünschen ist. Als elfe ihre Sprüche eben getan hatten, trat plötzlich die dreizehnte herein. Sie wollte sich dafür rächen, daß sie nicht eingeladen war, und ohne jemand zu grüßen oder nur anzusehen, rief sie mit lauter Stimme: »die Königstochter soll sich in ihrem fünfzehnten Jahr an einer Spindel stechen und tot hinfallen.« Und ohne ein Wort weiter zu sprechen, kehrte sie sich um und verließ den Saal. Alle waren erschrocken, da trat die zwölfte hervor, die ihren Wunsch noch übrig hatte, und weil sie den bösen Spruch nicht aufheben, sondern nur ihn mildern konnte, so sagte sie: »es soll aber kein Tod sein, sondern ein hundertjähriger tiefer Schlaf, in welchen die Königstochter fällt.«

Der König, der sein liebes Kind vor dem Unglück gern bewahren wollte, ließ den Befehl ausgehen, daß alle Spindeln im ganzen Königreiche sollten verbrannt werden. An dem Mädchen aber wurden die Gaben der weisen Frauen sämtlich erfüllt; denn es war so schön, sittsam, freundlich und verständig, daß es jedermann, der es ansah, lieb haben mußte. Es geschah, daß an dem Tage, wo es gerade fünfzehn Jahr alt ward, der König und die Königin nicht zu Haus waren und das Mädchen ganz allein im Schloß zurückblieb. Da ging es allerorten herum, besah Stuben und Kammern, wie es Lust hatte, und kam endlich auch an einen alten Turm. Es stieg die enge Wendeltreppe hinauf und gelangte zu einer kleinen Türe. In dem Schloß steckte ein verrosteter Schlüssel, und als es umdrehte, sprang die Türe auf, und saß da in einem kleinen Stübchen eine alte Frau mit einer Spindel und spann emsig ihren Flachs. »Guten Tag, du altes Mütterchen«, sprach die Königstochter, »was machst du da?« – »Ich spinne«, sagte die Alte und nickte mit dem Kopf. »Was ist das für ein Ding, das so lustig herumspringt?« sprach das Mädchen, nahm die Spindel und wollte auch spinnen. Kaum hatte sie aber die Spindel angerührt, so ging der Zauberspruch in Erfüllung, und sie stach sich damit in den Finger.

In dem Augenblick aber, wo sie den Stich empfand, fiel sie auf das Bett nieder, das da stand, und lag in einem tiefen Schlaf. Und dieser Schlaf verbreitete sich über das ganze Schloß: der König und die Königin, die eben heimgekommen waren und in den Saal getreten waren, fingen an einzuschlafen, und der ganze Hofstaat mit ihnen. Da schliefen auch die Pferde im Stall, die Hunde im Hofe, die Tauben auf dem Dache, die Fliegen an der Wand, ja, das Feuer, das auf dem Herd flackerte, ward still und schlief ein, und der Braten hörte auf zu brutzeln, und der Koch, der den Küchenjungen, weil er etwas versehen hatte, in den Haaren ziehen wollte, ließ ihn los und schlief. Und der Wind legte sich, und auf den Bäumen vor dem Schloß regte sich kein Blättchen mehr.

Rings um das Schloß aber begann eine Dornenhecke zu wachsen, die jedes Jahr höher ward und endlich das ganze Schloß umzog und darüber hinaus wuchs, daß gar nichts mehr davon zu sehen war, selbst nicht die Fahne auf dem Dach. Es ging aber die Sage in dem Land von dem schönen schlafenden Dornröschen; denn so ward die Königstochter genannt, also daß von Zeit zu Zeit Königssöhne kamen und durch die Hecke in das Schloß dringen wollten. Es war ihnen aber nicht möglich, denn die Dornen, als hätten sie Hände, hielten fest zusammen, und die Jünglinge blieben darin hängen, konnten sich nicht wieder losmachen und starben eines jämmerlichen Todes. Nach langen, langen Jahren kam wieder einmal ein Königssohn in das Land und hörte, wie ein alter Mann von der Dornenhecke erzählte, es sollte ein Schloß dahinter stehen, in welchem eine wunderschöne Königstochter, Dornröschen genannt, schon seit hundert Jahren schliefe, und mit ihr schliefe der König und die Königin und der ganze Hofstaat.

Er wußte auch von seinem Großvater, daß schon viele Königssöhne gekommen wären und versucht hätten, durch die Dornenhecke zu dringen, aber sie wären darin hängengeblieben und eines traurigen Todes gestorben. Da sprach der Jüngling: »Ich fürchte mich nicht, ich will hinaus und das schöne Dornröschen sehen.« Der gute Alte mochte ihm abraten, wie er wollte, er hörte nicht auf seine Worte.

Nun waren aber gerade die hundert Jahre verflossen, und der Tag war gekommen, wo Dornröschen wieder erwachen sollte. Als der Königssohn sich der Dornenhecke näherte, waren es lauter große schöne Blumen, die taten sich von selbst auseinander und ließen ihn unbeschädigt hindurch, und hinter ihm taten sie sich wieder als eine Hecke zusammen. Im Schloßhof sah er die Pferde und scheckigen Jagdhunde liegen und schlafen; auf dem Dache saßen die Tauben und hatten das Köpfchen unter den Flügel gesteckt. Und als er ins Haus kam, schliefen die Fliegen an der Wand, der Koch in der Küche hielt noch die Hand, als wollte er den Jungen anpacken, und die Magd saß vor dem schwarzen Huhn, das sollte gerupft werden. Da ging er weiter und sah im Saale den ganzen Hofstaat liegen und schlafen, und oben bei dem Throne lag der König und die Königin. Da ging er noch weiter, und alles war so still, daß einer seinen Atem hören konnte, und endlich kam er zu dem Turm und öffnete die Türe zu der kleinen Stube, in welcher Dornröschen schlief. Da lag es und war so schön, daß er die Augen nicht abwenden konnte, und er bückte sich und gab ihm einen Kuß. Wie er es mit dem Kuß berührt hatte, schlug Dornröschen die Augen auf, erwachte und blickte ihn ganz freundlich an. Da gingen sie zusammen herab, und der König erwachte und die Königin und der ganze Hofstaat und sahen einander mit großen Augen an. Und die Pferde im Hof standen auf und rüttelten sich: die Jagdhunde sprangen und wedelten: die Tauben auf dem Dache zogen das Köpfchen unterm Flügel hervor, sahen umher und flogen ins Feld: die Fliegen an den Wänden krochen weiter: das Feuer in der Küche erhob sich, flackerte und kochte das Essen: der Braten fing wieder an zu brutzeln: und der Koch gab dem Jungen eine Ohrfeige, daß er schrie, und die Magd rupfte das Huhn fertig. Und da wurde die Hochzeit des Königssohns mit dem Dornröschen in aller Pracht gefeiert, und sie lebten vergnügt bis an ihr Ende.

In tiefer Stille und Einsamkeit

Es war ein strenger Wintertag mit Eis und Schnee, der Boden hart gefroren. Ich stieg durch das Dorf Mellnau, das steil an einen Berg gebaut ist, aufwärts zur Burgruine, trat durch das verwitterte Tor in den Burghof und kehrte mich um. Nur aus einem einzigen Grunde hatte ich den verkehrsreichen Weg von einigen Autostunden auf mich genommen: Ich wollte durch das verwitterte Burgtor auf den verschneiten Wald schauen, in dem der Eisenhans auf dem Grund eines unauslotbaren Pfuhls zu Hause ist. Im Rücken den restaurierten Rundturm, dessen Eingangspforte ganztägig verschlossen, und die zerbrochene Mauer, deren Besteigen baupolizeilich verboten ist, setzte ich mich neben einen mit Bierflaschen und Coladosen überhäuften Papierkorb auf eine Treppenstufe und richtete meinen Blick unablässig durch die Gitterstäbe des Tors über das sanft gewellte Land auf diesen nahen und zugleich fernen Wald. »Er lag da in tiefer Stille und Einsamkeit, und man sah nur zuweilen einen Adler oder Habicht darüber hin fliegen«, heißt es im Märchen.

Das Bild dieses Tors mit dem Ausblick auf den Wald des Eisenhans, gezeichnet von Otto Ubbelohde, habe ich zum erstenmal in meiner Kindheit gesehen. Sonntags, wenn wir von Onkel Karl und Tante Erna zum Nachmittagskaffee nach Fischbach eingeladen waren, wußte ich schon im voraus: Tante Erna würde mir das Märchenbuch aus dem Wohnzimmerschrank holen, das ihr einmal zum Geburtstag geschenkt worden war; Grimms Märchen in einer Jubiläums-, einer Prachtausgabe in Großformat. Dieses Buch war für mich nicht nur zum Lesen, sondern vor allem zum Schauen da –, und mir gefiel es, in die künstliche, manchmal skurrile Bilderwelt des Marburger Landes einzutreten, in die der Maler die Märchenorte versetzt hat. Ein Buch, das ich später nie mehr gesehen habe! Erst lange Zeit danach, irgendwann in den siebziger Jahren, habe ich mir eine dreibändige Taschenbuchausgabe dieser Märchen gekauft, und schon beim ersten Betrachten der Bilder war mir, als träte ich in kindlicher Arglosigkeit wieder in diese Märchenwelt ein.

Mit meinem Phantasiebild im Kopf und Ubbelohdes Zeichnung im Buch besaß ich nun zweierlei verschiedene Ansichten des verwunschenen Waldes. Meiner naiv vorgestellten Landschaft wurde eine künstlerisch geschaute beigefügt –, und so war ich schon als kleiner Junge in die Qual der Wahl gestürzt, welcher Wald wohl der richtige sei. Ich hätte so gern den Wald meiner Phantasie vorgezogen, der mit seinen Schlackenhalden und überwachsenen Pfaden unserem Hirschbacher Wald ähnlich war, nur der Pfuhl war nirgends zu finden, in dem der Eisenhans hätte hausen können. Es half alles nichts, im Bild des Zeichners, auf dem sogar zwei Adler oder zwei Habichte über dem Walde kreisen, wähnte ich mich schon bald näher am Pfuhl des Eisenhans. Immer schien es mir, als läge er in der Schlucht unmittelbar hinter den überschneiten Bäumen im Vordergrund. Nein, nein, es ist nicht nur das nach innen schauende Auge, das uns die Welt verzaubert, auch das Auge, das nach außen blickt, zaubert uns unerwartete Geheimnisse der

sichtbaren Welt herbei. Der Ort des Märchens ist zwar irgendwo und zu allen Zeiten tief innen im Kopf zu finden, zugleich aber auch hier und jetzt auf einem Bild und vielleicht sogar in der Wirklichkeit vorhanden.
Ich saß auf der Treppenstufe im Burghof von Mellnau, hatte das Märchenbuch mit Ubbelohdes Bild auf den Knien und ver-

glich die gezeichnete mit der wirklichen Landschaft. Zwar dehnt sich der wirkliche wie der gezeichnete Wald schneebedeckt bis an den fernen Horizont aus, doch ist er seit der Märchenzeit weiter zurückgerückt. Felder und Wiesen liegen zwischen der Burg und dem Wald, braune Kühe stehen starr und fröstelnd auf einer Weide. Ubbelohde hat das Tal rechts lie-

gen gelassen, so daß sein gezeichneter Wald näher an das Burgtor heranrückt, und der Pfad, den der Jäger im Märchen mit seinem Jagdhund nahm, schon nach wenigen Schritten zwischen den ersten Bäumen im Dunkel verschwindet. »Es dauerte nicht lange, so geriet der Hund einem Wild an die Fährte und wollte hinter ihm her«, erzählt das Märchen, »kaum aber war er ein paar Schritte gelaufen, so stand er vor einem tiefen Pfuhl, konnte nicht weiter, und ein nackter Arm streckte sich aus dem Wasser, packte ihn und zog ihn hinab.«
Wo auch immer im Marburger Land er einen Wald gemalt oder gezeichnet hat, Ubbelohdes Wald ist der Eisenhanswald. Noch heute, lange nach der Märchenzeit, ruht er in tiefer Stille und Einsamkeit. Aufgeschreckt vom Lärm der Motorsägen, hat sich das Wild weit fort ins dichteste Gestrüpp zurückgezogen, der Habicht schwebt hoch in den Wolken, wohin kein Büchsenschuß reicht, und der Adler ist ins unwegsame Gebirge entflohen. Stille und Einsamkeit halten mich nicht davon ab, die Spur des Jägers aufzunehmen, auch wenn der Weg weiter und beschwerlicher geworden ist. So weit vorgewagt, gibt es kein Zurück, ich bin entschlossen, seinen Fußstapfen zu folgen, bis ich das Wasserloch erreicht habe, aus dem der nackte Arm hervorkam, den Jagdhund hinabzuziehen: »Als der Jäger das sah, ging er zurück und holte drei Männer, die mußten mit Eimern kommen und das Wasser ausschöpfen. Als sie auf den Grund sehen konnten, so lag da ein wilder Mann, der braun war, wie rostiges Eisen, und dem die Haare über das Gesicht bis zu den Knien herabhingen.« Fasziniert vom Bild dieses Waldes, kehrte ich viele Male hierher zurück, bei jeder Gelegenheit, zu allen Jahreszeiten.

Mit Bildern und Wörtern im Kopf folge ich nach wie vor der Spur der Jäger hinaus aus dem Tor, hinab ins Tal, hinein in den großen dicken Wald. Ich suche den Pfuhl, aber ich finde ihn nicht. Die Straße verengt sich zum Weg, der Weg schrumpft zum Pfad. Ich gehe sie alle, nirgendwo ist ein Pfuhl zu entdecken, in dem ein Eisenhans hätte hausen können. Tümpel und Pfützen säumen meinen Weg, ein Eisenhans hätte darin nur bis zu den Knöcheln stehen können. An den Waldrand zurückgekehrt, falte ich die topographische Freizeitkarte des Marburger Landes in ganzer Höhe und Breite auseinander. Die Zeichenerklärungen deuten mir den Verlauf der Wander- und Radfahrwege, die Richtung der Trimm- und Naturlehrpfade, den Standort von Grenzsteinen, Kreuzsteinen, Denksteinen – und korrigieren die Vorstellung eines unendlichen, in aller Stille und Einsamkeit daliegenden Märchenwaldes. Hier breitet sich ein tief zerklüfteter Mischwald, ein weit abgesteckter Naturpark, ein sogenannter tier- und pflanzengeschützter Lebensraum aus.
Wo ein Anfang ist, ist auch ein Ende. Wo es einen Eingang gibt, gibt es auch einen Ausgang. Ein Eingang von vorne gewährt einen Ausgang nach hinten, der wieder zum Eingang wird, wenn man das Ende zum Anfang macht. Ich akzeptierte die Lehre der Landkarte und folgte ihren Hinweisen. Da aber kein Pfuhl des Eisenhans darauf verzeichnet ist, sollte der Förster mir Rat bringen. Ich rief im Forsthaus an und bat ihn um einen Spaziergang durch sein Revier. Wir trafen uns beim Forsthaus von Münchhausen, das dem Dorf Mellnau auf der anderen Seite des Waldes gegenüberliegt. Förster Willi Parr, in Parka und Lederhose, Gummistiefeln und Jägerhut, die Hundepfeife am Band um den Hals gehängt, begrüßte mich

freundlich und führte mich in den Wald. Er zeigte mir den Baumbestand, deutsche Fichten, mit rotbrauner Rinde und kegelförmiger spitzer Krone, ein vorzügliches Nutzholzgewächs, das mit dem Sandboden gut zurechtkomme – und Douglasfichten mit spitzem rotem Kern und schmalem Splint, kerzengerade gewachsen und wertvoll im Holz. Auch Eichen, Erlen und Eschen wüchsen in seinem Revier, und er zeigt nach den Bäumen, deren Namen er respektvoll ausspricht, als lebe er mit ihnen in wesensgleicher Beziehung. Ich kraule seine Labradorhündin Kim, die ihren Kopf an meinen Beinen reibt, und streiche liebevoll über ihr gelbes, glattes Fell. »Ach ja, der Maler Ubbelohde«, sagt Förster Parr, »ich hab' natürlich schon von ihm gehört, ich weiß, daß er das Gartenhäuschen beim Schloß Amönau zum Rapunzelturm und den Weiher der Steinmühle von Cappel zum Teich der Nixe gemacht hat«. Das Märchen vom Eisenhans kenne er nicht, doch wenn er mich so angeregt von ihm und dem Wasserpfuhl reden höre, käme er zu dem Schluß, dieser Pfuhl könne nur der Spiegelteich hier in der Waldmitte sein.

Wir kommen an. Vor uns, von verknorzten Wurzelstrünken umwachsen, liegt der Spiegelteich. Es ist der Pfuhl des Eisenhans. Er selbst sei zwar ein sachlich eingestellter Mensch, der es mit harten Tatsachen zu tun habe, bemerkt Förster Parr, doch die äußeren Umstände dieses Märchens machten ihn stutzig. Jetzt, da ich ihm Einzelheiten anschaulich erzähle, komme es ihm gar nicht mehr so vor, als hätten weltfremde Poeten es für kleine Kinder geschrieben. »Der Pfuhl ist mannstief«, bekräftigt Willi Parr seine Feststellung, »da hätte dieser Eisenhans genau hineingepaßt –, und weil er ja ein besonders großgewachsener Mann gewesen sein soll, hätte er gut und gerne ab der Schulter rausgeschaut wie auf dem Bild von Ubbelohde. Und wenn er sich gebückt hätte, wäre er für alle neugierigen Augen unter der Wasseroberfläche verschwunden.« Förster Parr ist in Schwung gekommen und erzählt: »Nicht nur die Männer im Märchen, auch ich habe mit meinen Männern den Pfuhl schon mal ausgeschöpft. Im Märchen geschah es, wie Sie mir erzählten, wegen des Eisenhans. Mir passierte es wegen der Fische. Ja, ich hatte Fische eingesetzt, und als die rausmußten, ist das Wasser abgelassen worden. Es waren Regenbogenforellen, die mußten rausgeholt werden, weil die Naturschutzbehörde in solchen Teichen nur Fische duldet, die von Natur aus drin leben. Die Behörde billigt keinen eingebürgerten Kulturfisch, den man füttern muß mit einem Mittel, das die Unterwasserflora negativ beeinflußt. Elritzen und Moderlieschen dürften drin leben, weil sie von Natur aus hineingehören: Leider habe ich nie welche vorgefunden. Folglich war der Eisenhans kein Fischesser, er hat sich wahrscheinlich von Fröschen und Algen ernährt. Hat er nicht einen Bart, der genauso aussieht, als wäre sein ganzes Gesicht von Wasserpflanzen überwachsen?« Auch wenn der Pfuhl auf dem Bild kleiner wirke als der wirkliche Teich: Das Bild bezaubere durch die Wirkung seines Ausdrucks, sagte Förster Parr, »möglicherweise hat der Maler den Eisenhans absichtlich an den hinteren Rand des Pfuhls versetzt und nur diesen Ausschnitt gezeichnet.« Gefühlssicher hat Willi Parr verstanden, daß der Maler Ubbelohde stets den Moment der höchsten Anspannung im Bild festhält, den Augenblick vor der Aktion, so daß der Betrachter sich fragt: »Was wird jetzt wohl geschehen?« Eisenhans blickt die Männer an, die mit den Eimern gekommen sind, den Pfuhl auszuschöpfen. Die Männer sind auf dem

Bild nicht zu sehen, aber das Märchen erzählt von ihnen: »Sie banden ihn mit Stricken und führten ihn fort in das Schloß. Da war große Verwunderung über den wilden Mann, der König ließ ihn in einen eisernen Käfig auf seinen Hof setzen und verbot bei Lebensstrafe, die Türe des Käfigs zu öffnen, und die Königin mußte den Schlüssel selbst in Verwahrung nehmen. Von nun an konnte ein jeder wieder mit Sicherheit in den Wald gehen.«

Ich stehe mit Förster Parr am vorderen Rande des Pfuhls, wo er vom Wasser der Bonifatiusquelle gespeist wird. An einer Kette hängt eine Henkeltasse, bemalt mit drei Enten, die eine blaue Schleife um den Hals tragen. »Der PH-Wert ist gut«, erzählt Willi Parr, »schon in der schönen alten Märchenzeit ist daraus getrunken worden. Damals lag hier ein Dorf, das im Mittelalter verschwunden sein soll, wer weiß, aus welchen Gründen. Ich habe Tonscherben gefunden von Humpen und Krügen, die um die Quelle herum in der Erde steckten.« Aus einer Nylontüte kramt er eine Scherbe hervor, sie ist graugelb und leicht gewölbt, innen glatt und außen mit sanften Kuppen genarbt. »Zur Erinnerung an den schönen Tag«, sagt er und reicht sie mir zum Abschied. Das Wasser der Quelle springt über Farnkraut und Kresse und rinnt mit melodischem Geplätscher durch ein Tonrohr in den Pfuhl.

Nach ein paar Schritten drehen wir uns noch einmal um. Im Wasser spiegeln sich die Martinskirche und das Küsterhaus vom Christenberg. Ubbelohde hat beide gezeichnet: Die Kirche ist zur Friedhofskapelle im *Aschenputtel* und das Küsterhaus zum Hexenhaus in *Hänsel und Gretel* geworden. Nun weiß ich endlich, warum die Zeichenerklärungen auf den Wanderkarten auch Legende genannt werden: Sie führen mich aus der wirklichen Welt in den geheimnisvollen Ort des Märchens, worin ich mit Förster Willi Parr auf die Spur des Eisenhans traf. Und da auf einmal, urplötzlich und unerwartet, springt Willi Parrs Hund in den Pfuhl. Das Wasser spritzt auf und schlägt tausend Wellen, die das Spiegelbild zerstören. Wie angewurzelt stehen wir da und bestaunen das Schauspiel der Natur, aus dem der Hund erquickt emporsteigt und das Wasser aus seinem Fell schüttelt. Im Abendglanz fahren wir zurück: Die Wasserfläche hatte sich rasch geglättet und den Widerschein von Kapelle und Hexenhaus in Kirche und Küsterhaus zurückverwandelt.

Für mich ist die Verlockung der Bilder so stark wie der Reiz der Wörter, auch wenn Jacob und Wilhelm Grimm davor warnen, daß aus »bloßer Einbildungskraft die Mythologie mit ihren Bildern soll angeschafft werden« – und deshalb beklagen: »Wie kahl, innerlich leer und gestaltlos sieht dann trotz den besten und stärksten Worten alles aus!« Schon als Kind hatte ich mich bereitwillig auch auf Bilder und ihre besondere Kraft der Verzauberung eingelassen. So wie mich kleinen Jungen jeder Federzug meines Vaters auf Papier, jeder Pinselstrich auf Leinwand aus den Umgebungen der altbekannten Welt heraus in die ganz anderen Bezirke einer eben entstehenden Welt hineinzog, folgte ich nun ohne Zögern der verführerischen Form- und Farbkraft Otto Ubbelohdes in die Bildräume seiner Eisenhanswälder.

Aufmerksam durchquerte ich die Säle des Marburger Museums mit den Ölbildern des Malers, streifte zwischen den Gemälden hin und her, ging nahe an sie heran, entfernte mich von ihnen, lief wieder auf sie zu, als brauchte ich nur einen gehörigen Anlauf, um auf Nimmerwiedersehn ins Dunkel die-

ser Wälder zu verschwinden. Da aber der Maler stets den höchsten Punkt einer Landschaft erklomm und sein Blick von oben herab auf die Wipfel der Bäume fiel, erstrecken sich die Wälder in eine geheimnisvolle Tiefe, die ich mit meinen kurzen Schritten und Sprüngen nie und nimmer erreichen würde. Je weiter meine Phantasie sich vorwagte ins dichte Gehölz, umso undurchdringlicher wurde es. Satte Gelb-, Rot- und Goldtöne illuminieren das Schattendunkel, in dem sich der Pfuhl des wilden Mannes verbirgt. Unter den kräftigen Farben des Herbstlaubs bleibt er unentdeckt, ihn schützt ein schillernder Firnis.

Es sind gemalte Wälder. Alle von Ubbelohde gemalten Wälder sind in Bronzefarbe getauchte, rostglänzende Eisenhanswälder, undurchdringlich, unerschließbar. Welches Auge vermag unter diesen gemalten Wipfeln den wilden Mann zu entdecken? Zweige, Äste und Blätter verschmolzen mir in den feinen Pinselstrichen des Malers miteinander, wurden zu unverwechselbaren Ornamenten, kunstvoll verschrobenen Buchstaben ähnlich, aus denen sich mir die Erzählung des Märchens zusammenfügte. In den Museumsräumen spazierengehend entstand es noch einmal in meinem Kopf.
Mitten in diese Gedankenspiele platzte die Stimme eines jungen Mannes in feuerrotem Rollkragenpullover. Er führte eine laut schwadronierende Gruppe älterer Leute in den Saal, übertönte ihr Gequassel mit scharfen Lauten und klatschte in die Hände. In der allmählich aufkommenden Stille überströmte mich ein wortgewaltiger Redeschwall. Keinen Zusammenhang begreifend, fürchtete ich, ausweglos ins Gestrüpp kunsthistorischer Bildauslegung zu geraten. Der junge Mann sprach von dramatischen Naturkulissen und heroischen Landschaftspanoramen, von pathetischer Beseelung und konsternierender Durchgeistigung, von hessischer Heimatkunst im Universum germanischer Volkskultur. Dann ließ er eine Pause entstehen, in der seine Zuhörer Gelegenheit finden sollten, die harten Brocken seiner Rede zu verdauen, bevor er wieder in die Hände klatschte und seine Ausführungen auf einen Nenner brachte. Nun sprach er von Ubbelohdes emanzipiertem Realitätsprinzip, umspielte dieses Wort mit allerlei ähnlichen Wörtern, kehrte immer wieder zu ihm zurück und wälzte es im Fortgang seiner Rede auf die von ihm angepeilte Höhe der Begrifflichkeit. Ich gab mir alle Mühe, den Ausführungen zu

folgen, doch aufgeschreckt aus der Betrachtung märchenhafter Eisenhanslandschaften gelang es mir nicht, in diese philosophisch umrissene Begriffswelt einzudringen. Ich verließ mich ganz und gar auf das Grimmsche Märchen und Ubbelohdes Illustrationen; und es schien mir alles ganz einfach zu sein: Wörter und Bilder entsprechen einander, bemächtigen sich ihrer gegenseitig und schaffen eine neue Wirklichkeit. Aus dem Wasser reckt sich der bärtige Kopf des Eisenhans, jeder kann es im Text lesen, jeder auf dem Bild sehen: Die Märchenfigur, benannt und gestaltet, hat sich in eine wirkliche Person verwandelt. Ich floh den jungen Mann und seine Zuhörer, doch erst nach verschlungenen Gängen treppab und treppauf kam ich schließlich im allerletzten Winkel des Museums am Ziel meiner Wünsche an. Frau Angler, eine Angestellte des Hauses, die mir Ubbelohdes Bilderzyklus vom Eisenhans auf einem langen Tisch ausgebreitet hatte, stand wie eine gute Fee am Kopfende des Tisches und musterte mich mit freundlichem Augenzwinkern. »In Ihrem Briefchen steht, Sie seien Schriftsteller«, empfing sie mich entgegenkommend, »da hab' ich eigentlich mit einem jungen Mann gerechnet, der sich in seinen frühen Jahren ein bißchen zu lange mit Märchen beschäftigt hat. Aber was sehe ich: Einen älteren Herrn mit einem Märchenbuch und einem Notizblock in der Hand!« Auf dem Tisch erwarteten mich die haarfein gestochenen Bilder des Malers. Es sind sieben Radierungen, verschieden im Format, in zwingender Reihenfolge die Geschichte des Eisenhans illustrierend. Schon auf dem Titelblatt, holterdiepolter in Pumphosen und Holzpantinen, sind die handelnden Personen mit Riesenschritten in die Geschichte unterwegs. Hinter dem Jäger, der seine zwei Hunde an der Leine führt, schleppen drei Männer große Henkeleimer, das Wasser des Waldpfuhls auszuschöpfen. Über dem Titel thront das Schloß des Königs majestätisch hinter einer dichten Dornenhecke. Im ersten Bild bricht gerade der Morgen an. Jenseits einer Baumreihe dräut der dicke Wald in seiner Stille und Einsamkeit, zwei Habichte, mit weit ausgebreiteten Schwingen, schweben darüber hin. Hinter dem fernen Waldhorizont kommt die Sonne hervor, noch ist sie nicht zu sehen, doch ihre Strahlen durchdringen das Morgengewölk und erhellen eine bemooste Lichtung. Zwei kaum betretene Pfade führen ins Gehölz: Nur ein paar Schritte, und schon verschwindet man im finstersten Dunkel, worin der Eisenhans haust. Ihn zeigt das zweite Bild, ernst und grimmig in seinem tiefen Pfuhl. Unter verwachsenem Wurzelwerk, das weit unter die Wasserfläche reicht, schaut er mich über die nackte Schulter an, breitnackig, bärtig, mit Urmenschennase und Urmenschenkinn. Noch vor ein paar Augenblicken muß er sich bewegt haben, denn sein massiger Oberkörper schlägt Kreise, die am Teichrand verebben.

Auf dem dritten Bild sitzt der wilde Mann schon im Käfig gefangen. Vor einem Holzstoß und einer steilen Treppe, vom Schatten einer Mauer verschluckt, steht der Königssohn im Schloßhof. Mit ausgestreckten Händen schaut er nach dem vergitterten Vorbau, in dem der Eisenhans sitzt, Schulter und Gesicht ins Dunkel des Käfigs gekehrt. Vor ein paar Augenblicken hat der Knabe den goldenen Ball in die Höhe geworfen, hell glänzt er vor dem Mauerwerk. In den Käfig gefallen, wird der Knabe den Ball vergebens herausfordern. »Nicht eher, als bis du mir die Tür aufgemacht hast«, antwortet der Eisenhans und zeigt dem Knaben die kalte Schulter. Aus dem Wald sind die Raubvögel zum Königsschloß hergeflogen, den bei-

den hat sich ein dritter hinzugesellt. Dicht beieinander schweben sie bedrohlich zwischen Turmzimmer und Kamin.
Im mittleren Bild des Zyklus bahnt sich die Entscheidung an. Der Eisenhans ist frei, der Königssohn, unerkannt hinaus in die Welt verschlagen, arbeitet als Gärtnerjunge im Schloßgarten eines fremden Königs. In der Hitze des Sommertags hat er sein

Hütchen abgelegt, die goldenen Haare sind über seine Schultern herabgerollt, glitzern und blitzen in der Sonne. Die Königstochter, von den Strahlen des Haars getroffen, steht im Fenster ihres Schlafzimmers und schaut auf den Jungen hinab. In stolzer Pose neigt sie den Kopf, der im Schatten der Dachschräge nahezu verschwindet. Wäre nicht der Schatten und hätte der Maler sie nicht so weit entfernt ins labyrinthische Gemäuer versetzt, könnte man ihre erstaunte Miene erkennen. Ich beuge mich tief über die rätselhafte Gestalt, und da ich mit etwas zu lauter Stimme bedauere, daß ich meine Lupe nicht mitgebracht habe, ihre Gesichtszüge genau betrachten zu können, tritt auch Frau Angler nahe an das Bild heran, nickt anerkennend mit dem Kopf und meint: »Otto Ubbelohde hatte eine schöne Frau, die hat er oft gezeichnet und gemalt. Vielleicht ist sie es, die dort aus dem Fenster schaut.« Im fünften Bild ist der Gärtnerjunge zum Jüngling herangewachsen. Er will mit in den Krieg ziehen und reitet auf einem lahmen Gaul fort nach dem Wald, den Eisenhans um Rat und Hilfe herauszurufen. Er trägt eine Feder am Hut und einen Stock in der Hand. Sein dreibeiniger Hunkepuus, mit hängenden Zügeln und schlappen Ohren, senkt seinen Kopf zu Boden, als könnte er im Abdruck einer Hufeisenspur die rechte Fährte zum Waldrand erschnuppern. Noch ist der Eisenhans, den er um Rösser und Kriegsvolk anflehen will, nicht zu sehen; doch auf dem nächsten Bild tritt er von rechts zwischen knorrigen Bäumen hervor, steigt mit weit ausholendem Schritt über einen gefällten Stamm und streckt dem wartenden Jüngling die Rechte entgegen. Jetzt endlich lächelt er sein breites Urmenschenlächeln, das auch bei mir ein Lächeln hervorlockt. Frau Angler, die gute Fee des Museums, tritt an den Tisch heran, beugt sich über das Blatt mit dem lächelnden Riesen und lächelt ebenfalls. »Sie scheinen ja ganz besessen von diesem Märchen zu sein«, sagt sie, »wenn ich Sie so kribbelig dastehen sehe und beobachte, wie Sie von Zeit zu Zeit ein paar Wörter in Ihren Notizblock schreiben, denke ich mir: Dieser Herr ist nicht umsonst von so weit gekommen.« Das letzte Bild, worauf der Jüngling vor der Stadtkulisse von Marburg im Turnier reitet, löst endlich meine gespannte Erwartung. Er hat, verfolgt von zwei Rittern mit eingelegten Lanzen, den goldenen Apfel der Königstochter gefangen und sprengt auf seinem Rappen davon. Mit der ausgestreckten Rechten hält er den Apfel hoch in die Luft. Sein Helm ist im Eifer des Gefechts vom Kopf geflogen, und so entdecke ich in den Gesichtszügen des verkannten Königssohns den blondgelockten Maler Ubbelohde selber. In seinen Illustrationen des Märchens vom Eisenhans hat er, dessen Vorfahren mit dem englischen Hochadel illegitim verwandt waren, Licht in sein eigenes Leben gebracht.

Illustration, dem ursprünglichen Wortsinn nach die Erhellung, die Erleuchtung in ihrer gegenständlichen und vorgestellten Bedeutung, ist für Ubbelohde auch Enthüllung verborgenen Schicksals. Ein Segen sei es, daß die Arbeit ihn freue, schreibt er in einem Brief an seine Schwiegereltern. Fast drei Jahre hat er an diesen Illustrationen gearbeitet, zehn Tage vor dem letzten Federstrich bekennt er: »Ein enormer Wackerstein wird mit Gepolter aus meinem Innern fallen.« Während ich noch einmal an den sieben Blättern des Eisenhans-Zyklus vorbeigehe, beim dritten und vierten Bild einige Augenblicke länger verweile und wieder laut zu denken beginne, welch bewundernswerte Phantasie der Maler aufgewandt habe, aus dem runden Turm und der verwitterten Mauer von Mellnau ein solch prächtiges Schloß hervorzuzaubern, schüttelt Frau Angler energisch den Kopf. »Nein, nein«, sagt sie, »da irren Sie sich aber gewaltig. Aus der Burg von Mellnau hätte der begabteste Maler kein Schloß wie diese beiden machen können, da mußte sich Otto Ubbelohde ein Schloß aussuchen, das eines Königs würdig ist, nicht eine kleine, schon seit Jahr und Tag total verfallene Burgruine. Ubbelohde hat es in Runkel an der Lahn gefunden: Da gibt es heute noch ein Schloß, das Türme mit Zinnen und einen Corps de logis mit Waffenkammer besitzt, die es wert sind, für ein wirkliches Märchenschloß zu gelten. So komisch es klingen mag: Aus dem Schloß von Runkel sind die Jäger durch das Burgtor von Mellnau ausgezogen, um den Eisenhans zu finden.«

Im darauf folgenden Frühjahr, auf der Suche nach diesem Schloß, folgte ich Frau Anglers Rat und fuhr nach Runkel an die Lahn. Steil auf bemoostem Felsblock, hart am Ufer des Flusses, ragen die Vierkant- und Rundtürme des Schlosses auf, gesäumt von frischem Robinien- und Roßkastaniengrün. Sie sind aus Schieferbruchsteinen aufgebaut, die Ubbelohdes Federstrich zu Mauern aus Hauch verfeinert hat. Sobald ich die Augen schließe, beleben und bewegen sich die beiden gezeichneten Figuren. Im Erkerfenster unter dem gewölbten Dach tritt die Königstochter aus dem Schatten heraus, und tief unten im Schloßgarten rührt sich der Gärtnerjunge mit Spaten und Gießkanne. Aus einer Röhre schießt ein scharfer Wasserstrahl in ein gemauertes Becken. Ich schelle am Tor, drücke aber den falschen Klingelknopf, und es meldet sich eine helle Frauenstimme. Der Pförtner springt aus der Tür seines Häuschens und ruft erschrocken: »O weh, jetzt haben Sie bei der Prinzessin geklingelt, und die hat sogar mit Ihnen gesprochen!« Der Pförtner öffnet mir das Tor und läßt mich ein in einen menschenleeren Hof, in menschenleere Treppenhäuser, in menschenleere Räume. Die Waffenkammer strotzt von Säbeln und Spießen, von Brustharnischen und Helmen, von Trommeln und Trompeten. Auch wenn ich jede Treppe immer wieder auf- und absteige, Kaminecken und Spinnstübchen durchstöbere, ich finde keinen Weg in das Erkerzimmer, worin die Prinzessin den goldgelockten Gärtnerjungen erwartet hat. Aus dem Garten herauf scheppert es überlaut nach aneinanderstoßenden Eimern, duftet es übersüß nach heftig blühendem Jasmin. Was

ist aus der Prinzessin, was ist aus dem Gärtnerjungen, was ist aus dem Eisenhans geworden?
Alle meine Abenteuerfahrten münden in die von Anfang an erwartete Rettung aus Zweifeln und Not. Sie enden an dem Ort, wo sich der Gärtnerjunge in einen Königssohn, der Eisenhans in einen großen, mächtigen König verwandelt haben. Das Kernstück des Märchens ist sein letzter Satz. Doch nur selten spricht ein Märchen sein A und O so unumwunden aus wie das Märchen vom Eisenhans: »Du hast mich erlöst« Und weil ihm die Erlösung mehr wert ist als alles andere auf der Welt, fügt er dem letzten noch einen allerletzten Satz hinzu: »Alle Schätze, die ich besitze, die sollen dein Eigentum sein« – was aber der in die Denkweisen des Realitätsprinzips eingepaßte Zeitgenosse leider für lebensfremd, für ganz und gar märchenhaft hält.

Der Eisenhans

Es war einmal ein König, der hatte einen großen Wald bei seinem Schloß; darin lief Wild allerart herum. Zu einer Zeit schickte er einen Jäger hinaus, der sollte ein Reh schießen, aber er kam nicht wieder. »Vielleicht ist ihm ein Unglück zugestoßen«, sagte der König und schickte den folgenden Tag zwei andere Jäger hinaus, die sollten ihn aufsuchen, aber die blieben auch weg. Da ließ er am dritten Tag alle seine Jäger kommen und sprach: »streift durch den ganzen Wald und laßt nicht ab, bis ihr sie alle drei gefunden habt!« Aber auch von diesen kam keiner wieder heim, und von der Meute Hunde, die sie mitgenommen hatten, ließ sich keiner wieder sehen. Von der Zeit an wollte sich niemand mehr in den Wald wagen, und er lag da in tiefer Stille und Einsamkeit, und man sah nur zuweilen einen Adler oder Habicht darüber hin fliegen. Das dauerte viele Jahre, da meldete sich ein fremder Jäger bei dem König, suchte eine Versorgung und erbot sich, in den gefährlichen Wald zu gehen. Der König aber wollte seine Einwilligung nicht geben und sprach: »es ist nicht geheuer darin, ich fürchte, es geht dir nicht besser als den andern, und du kommst nicht wieder heraus.« Der Jäger antwortete: »Herr, ich will's auf meine Gefahr wagen: von Furcht weiß ich nichts.«

Der Jäger begab sich also mit seinem Hund in den Wald. Es dauerte nicht lange, so geriet der Hund einem Wild auf die Fährte und wollte hinter ihm her, kaum aber war er ein paar Schritte gelaufen, so stand er vor einem tiefen Pfuhl, konnte nicht weiter, und ein nackter Arm streckte sich aus dem Wasser, packte ihn und zog ihn hinab. Als der Jäger das sah, ging er zurück und holte drei Männer, die mußten mit Eimern kommen und das Wasser ausschöpfen. Als sie auf den Grund sehen konnten so lag da ein wilder Mann, der braun am Leib war wie rostiges Eisen, und dem die Haare über das Gesicht bis zu den Knien herabhingen. Sie banden ihn mit Stricken und führten ihn fort in das Schloß. Da war großeVerwunderung über den wilden Mann, der König aber ließ ihn in einen eisernen Käfig auf seinen Hof setzen und verbot bei Lebensstrafe, die Türe des Käfigs zu öffnen, und die Königin mußte den Schlüssel selbst in Verwahrung nehmen. Von nun an konnte ein jeder wieder mit Sicherheit in den Wald gehen.

Der König hatte einen Sohn von acht Jahren, der spielte einmal auf dem Hof, und bei dem Spiel fiel ihm sein goldener Ball in den Käfig. Der Knabe lief hin und sprach: »gib mir meinen Ball heraus.« »Nicht eher«, antwortete der Mann, »als bis du mir die Türe aufgemacht hast.« »Nein«, sagte der Knabe, »das tue ich nicht, das hat der König verboten«, und lief fort. Am andern Tag kam er wieder und forderte seinen Ball. Der wilde Mann sagte: »öffne meine Türe«, aber der Knabe wollte nicht. Am dritten Tag war der König auf die Jagd geritten, da kam der Knabe nochmals und sagte: »wenn ich auch wollte, ich kann die Türe nicht öffnen, ich habe den Schlüssel nicht.« Da sprach der wilde Mann: »er liegt unter dem Kopfkissen deiner Mutter, da kannst du ihn holen.« Der Kna-

be, der seinen Ball wieder haben wollte, schlug alles Bedenken in den Wind und brachte den Schlüssel herbei. Die Türe ging schwer auf, und der Knabe klemmte sich den Finger. Als sie offen war, trat der wilde Mann heraus, gab ihm den goldenen Ball und eilte hinweg. Dem Knaben war angst geworden, er schrie und rief ihm nach: »ach, wilder Mann, gehe nicht fort, sonst bekomme ich Schläge.« Der wilde Mann kehrte um, hob ihn auf, setzte ihn auf seinen Nacken und ging mit schnellen Schritten in den Wald hinein. Als der König heimkam, bemerkte er den leeren Käfig und fragte die Königin, wie das zugegangen wäre. Sie wußte nichts davon, suchte den Schlüssel, aber er war weg. Sie rief den Knaben, aber niemand antwortete. Der König schickte Leute aus, die ihn auf dem Felde suchen sollten, aber sie fanden ihn nicht. Da konnte er leicht erraten, was geschehen war, und es herrschte große Trauer an dem königlichen Hof.

Als der wilde Mann wieder in dem finstern Wald angelangt war, so setzte er den Knaben von den Schultern herab und sprach zu ihm: »Vater und Mutter siehst du nicht wieder, aber ich will dich bei mir behalten; denn du hast mich befreit, und ich habe Mitleid mit dir. Wenn du alles tust, was ich dir sage, so sollst du's gut haben. Schätze und Gold habe ich genug und mehr als jemand in der Welt.« Er machte dem Knaben ein Lager von Moos, auf dem er einschlief; und am andern Morgen führte ihn der Mann zu einem Brunnen und sprach: »siehst du, der Goldbrunnen ist hell und klar wie Kristall: du sollst dabeisitzen und achthaben, daß nichts hineinfällt, sonst ist er verunehrt. Jeden Abend komme ich und sehe, ob du mein Gebot befolgt hast.« Der Knabe setzte sich an den Rand des Brunnens, sah, wie manchmal ein goldener Fisch, manchmal eine goldene Schlange sich darin zeigte, und hatte acht, daß nichts hineinfiel. Als er so saß, schmerzte ihn einmal der Finger so heftig, daß er ihn unwillkürlich in das Wasser steckte. Er zog ihn schnell wieder heraus, sah aber, daß er ganz vergoldet war, und wie große Mühe er sich gab, das Gold wieder abzuwischen, es war alles vergeblich. Abends kam der Eisenhans zurück, sah den Knaben an und sprach: »was ist

mit dem Brunnen geschehen?« »Nichts, nichts«, antwortete er und hielt den Finger auf den Rücken, daß er ihn nicht sehen sollte. Aber der Mann sagte: »du hast den Finger in das Wasser getaucht: diesmal mag's hingehen, aber hüte dich, daß du nicht wieder etwas hineinfallen läßt.« Am frühesten Morgen saß er schon bei dem Brunnen und bewachte ihn. Der Finger tat ihm wieder weh, und er fuhr damit über seinen Kopf, da fiel unglücklicherweise ein Haar herab in den Brunnen. Er nahm es schnell heraus, aber es war schon ganz vergoldet. Der Eisenhans kam und wußte schon, was geschehen war. »Du hast ein Haar in den Brunnen fallen lassen«, sagte er, »ich will dir's noch einmal nachsehen, aber wenn's zum drittenmal geschieht, so ist der Brunnen entehrt, und du kannst nicht länger bei mir bleiben.« Am dritten Tag saß der Knabe am Brunnen und bewegte den Finger nicht, wenn er ihm noch so weh tat. Aber die Zeit ward ihm lang und er betrachtete sein Angesicht, das auf dem Wasserspiegel stand. Und als er sich dabei immer mehr beugte und sich recht in die Augen sehen wollte, so fielen ihm seine langen Haare von den Schultern herab in das Wasser. Er richtete sich schnell in die Höhe, aber das ganze Haupthaar war schon vergoldet und glänzte wie eine Sonne. Ihr könnt euch denken, wie der arme Knabe erschrak. Er nahm sein Taschentuch und band es um den Kopf, damit es der Mann nicht sehen sollte. Als er kam, wußte er schon alles und sprach: »binde das Tuch auf!« Da quollen die goldenen Haare hervor, und der Knabe mochte sich entschuldigen wie er wollte, es half ihm nichts. »Du hast die Probe nicht bestanden und kannst nicht länger hier bleiben. Geh hinaus in die Welt, da wirst du erfahren, wie die Armut tut. Aber weil du kein böses Herz hast und ich's gut mit dir meine, so will ich dir eins erlauben: wenn du in Not gerätst, so geh zu dem Wald und rufe: ›Eisenhans!‹, dann will ich kommen und dir helfen. Meine Macht ist groß, größer als du denkst, und Gold und Silber habe ich im Überfluß.«

Da verließ der Königssohn den Wald und ging über gebahnte und ungebahnte Wege immer zu, bis er zuletzt in eine große Stadt kam. Er suchte da Arbeit, aber er konnte keine finden und hatte auch nichts erlernt, womit er sich hätte forthelfen können. Endlich ging er in das Schloß und fragte, ob sie ihn behalten wollten. Die Hofleute wußten nicht, wozu sie ihn brauchen sollten, aber sie hatten Wohlgefallen an ihm und hießen ihn bleiben. Zuletzt nahm ihn der Koch in Dienst und sagte, er könnte Holz und Wasser tragen und die Asche zusammenkehren. Einmal, als gerade kein anderer zur Hand war, hieß ihn der Koch die Speisen zur königlichen Tafel tragen, da er aber seine goldenen Haare nicht wollte sehen lassen, so behielt er sein Hütchen auf. Dem König war so etwas noch nicht vorgekommen, und er sprach: »wenn du zur königlichen Tafel kommst, mußt du deinen Hut abziehen.« »Ach Herr«, antwortete er, »ich kann nicht, ich habe einen bösen Grind auf dem Kopf.« Da ließ der König den Koch herbeirufen, schalt ihn und fragte, wie er einen solchen Jungen hätte in seinen Dienst nehmen können; er sollte ihn gleich fortjagen. Der Koch aber hatte Mitleiden mit ihm und vertauschte ihn mit dem Gärtnerjungen.

Nun mußte der Junge im Garten pflanzen und begießen, hacken und graben und Wind und böses Wetter über sich ergehen lassen. Einmal im Sommer, als er allein im Garten arbeitete, war der Tag so heiß, daß er sein Hütchen abnahm, und die Luft ihn kühlen sollte. Wie die Sonne auf das Haar schien, glitzte und blitzte es, daß die Strahlen in das Schlafzimmer der Königstochter fielen und sie aufsprang, um zu sehen, was da wäre. Da erblickte sie den Jungen und rief ihn an: »Junge, bring mir einen Blumenstrauß.« Er setzte in aller Eile sein Hütchen auf, brach wilde Feldblumen ab und band sie zusammen. Als er damit die Treppe hinaufstieg, begegnete ihm der Gärtner und sprach: »wie kannst du der Königstochter einen Strauß von schlechten Blumen bringen? Geschwind hole andere und suche die schönsten und seltensten aus.« »Ach nein«, antwortete der Junge, »die wilden riechen kräftiger und werden ihr besser gefallen.« Als er in ihr Zimmer kam, sprach die Königstochter: »nimm dein Hütchen ab, es ziemt sich nicht, daß du ihn vor mir aufbehältst.« Er antwortete wieder: »ich darf nicht, ich habe einen grindigen Kopf.« Sie griff aber nach dem Hütchen und zog es ab, da rollten seine goldenen Haare auf die Schultern herab, daß es prächtig anzusehen war. Er wollte fortspringen, aber sie hielt ihn am Arm und gab ihm eine Handvoll Dukaten. Er ging damit fort, achtete aber des Goldes nicht, sondern er brachte es dem Gärtner und sprach: »ich schenke es deinen Kindern, die können damit spielen.« Den andern Tag rief ihm die Königstochter abermals zu, er sollte ihr einen Strauß Feldblumen bringen, und als er damit eintrat, grapste sie gleich nach seinem Hütchen und wollte es ihm wegnehmen, aber er hielt es mit beiden Händen fest. Sie gab ihm wieder eine Handvoll Dukaten, aber er wollte sie nicht behalten und gab sie dem Gärtner zum Spielwerk für seine Kinder. Den dritten Tag ging's nicht anders: Sie konnte ihm sein Hütchen nicht wegnehmen, und er wollte ihr Gold nicht.

Nicht lange danach ward das Land mit Krieg überzogen. Der König sammelte sein Volk und wußte nicht, ob er dem Feind, der übermächtig war und ein großes Heer hatte, Widerstand leisten könnte. Da sagte der Gärtnerjunge: »ich bin herangewachsen und will mit in den Krieg ziehen, gebt mir nur ein Pferd.« Die andern lachten und sprachen: »wenn wir fort sind, so suche dir eins: wir wollen dir eins im Stall zurücklassen.« Als sie ausgezogen waren, ging er in den Stall und zog

das Pferd heraus; es war an einem Fuß lahm und hickelte hunkepuus, hunkepuus. Dennoch setzte er sich auf und ritt fort nach dem dunkeln Wald. Als er an den Rand desselben gekommen war, rief er dreimal: »Eisenhans!« so laut, daß es durch die Bäume schallte. Gleich darauf erschien der wilde Mann und sprach: »was verlangst du?« »Ich verlange ein starkes Roß; denn ich will in den Krieg ziehen.« »Das sollst du haben und noch mehr, als du verlangst.« Dann ging der wilde Mann in den Wald zurück, und es dauerte nicht lange, so kam ein Stallknecht aus dem Wald und führte ein Roß herbei, das schnaubte aus den Nüstern und war kaum zu bändigen. Und hinterher folgte eine große Schar Kriegsvolk, ganz in Eisen gerüstet, und ihre Schwerter blitzten in der Sonne. Der Jüngling übergab dem Stallknecht sein dreibeiniges Pferd, bestieg das andere und ritt vor der Schar her. Als er sich dem Schlachtfeld näherte, war schon ein großer Teil von des Königs Leuten gefallen, und es fehlte nicht viel, so mußten die übrigen weichen. Da jagte der Jüngling mit seiner eisernen Schar heran, fuhr wie ein Wetter über die Feinde und schlug alles nieder, was sich ihm widersetzte. Sie wollten fliehen, aber der Jüngling saß ihnen auf dem Nacken und ließ nicht ab, bis kein Mann mehr übrig war. Statt aber zu dem König zurückzukehren, führte er seine Schar auf Umwegen wieder zu dem Wald und rief den Eisenhans heraus. »Was verlangst du?« fragte der wilde Mann. »Nimm dein Roß und deine Schar zurück und gib mir mein dreibeiniges Pferd wieder.« Es geschah alles, was er verlangte, und er ritt auf seinem dreibeinigen Pferd heim. Als der König wieder in sein Schloß kam, ging ihm seine Tochter entgegen und wünschte ihm Glück zu seinem Siege. »Ich bin es nicht, der den Sieg davongetragen hat«, sprach er, »sondern ein fremder Ritter, der mir mit seiner Schar zu Hilfe kam.« Die Tochter wollte wissen, wer der fremde Ritter wäre, aber der König wußte es nicht und sagte: »er hat die Feinde verfolgt, und ich habe ihn nicht wiedergesehen.« Sie erkundigte sich bei dem Gärtner nach seinem Jungen: der lachte aber und sprach: »eben ist er auf seinem dreibeinigen Pferde heimgekommen, und die andern haben gespottet und gerufen: ›Da kommt unser Hunkepuus wieder an.‹ Sie fragten auch: ›hinter welcher Hecke hast du derweil gelegen und geschlafen?‹ Er sprach aber: ›ich habe das Beste getan, und ohne mich wäre es schlecht gegangen.‹ Da ward er noch mehr ausgelacht.«

Der König sprach zu seiner Tochter: »ich will ein großes Fest ansagen lassen, das drei Tage währen soll, und du sollst einen goldenen Apfel werfen: Vielleicht kommt der Unbekannte herbei.« Als das Fest verkündet war, ging der Jüngling hinaus zu dem Wald und rief den Eisenhans. »Was verlangst du?« fragte er. »Daß ich den goldenen Apfel der Königstochter fange.« »Es ist so gut, als hättest du ihn schon«, sagte Eisenhans, »du sollst auch eine rote Rüstung dazu haben und auf einem stolzen Fuchs reiten.« Als der Tag kam, sprengte der Jüngling heran, stellte sich unter die Ritter und ward von niemand erkannt. Die Königstochter trat hervor und warf den Rittern einen goldenen Apfel zu, aber keiner fing ihn als er allein, aber sobald er ihn hatte, jagte er davon. Am zweiten Tag hatte ihn Eisenhans als weißen Ritter ausgerüstet und ihm einen Schimmel gegeben. Abermals fing er allein den Apfel, verweilte aber keinen Augenblick, sondern jagte damit fort. Der König ward bös und sprach: »das ist nicht erlaubt, er muß vor mir erscheinen und seinen Namen nennen.« Er gab den Befehl, wenn der Ritter, der den Apfel gefangen habe, sich wieder davonmachte, so sollte man ihm nachsetzen und, wenn er nicht gutwillig zurückkehrte, auf ihn hauen und stechen. Am dritten Tag erhielt er vom Eisenhans eine schwarze Rüstung und einen Rappen und fing auch wieder den Apfel.

Als er aber damit fortjagte, verfolgten ihn die Leute des Königs, und einer kam ihm so nahe, daß er mit der Spitze des Schwertes ihm das Bein verwundete. Er entkam ihnen jedoch; aber sein Pferd sprang so gewaltig daß der Helm ihm vom Kopf fiel, und sie konnten sehen, daß er goldene Haare hatte. Sie ritten zurück und meldeten dem König alles.

Am andern Tag fragte die Königstochter den Gärtner nach seinem Jungen »Er arbeitet im Garten: der wunderliche Kauz ist auch bei dem Fest gewesen und erst gestern abend wiedergekommen; er hat auch meinen Kindern drei goldene Äpfel gezeigt, die er gewonnen hat.« Der König ließ ihn vor sich fordern, und er erschien und hatte wieder sein Hütchen auf dem Kopf. Aber die Königstochter ging auf ihn zu und nahm es ihm ab, und da fielen seine goldenen Haare über die Schultern, und es war so schön, daß alle erstaunten. »Bist du der Ritter gewesen, der jeden Tag zu dem Fest gekommen ist, immer in einer andern Farbe, und der die drei goldenen Äpfel gefangen hat?« fragte der König. »Ja«, antwortete er, »und da sind die Äpfel«, holte sie aus seiner Tasche und reichte sie dem König. »Wenn Ihr noch mehr Beweise verlangt, so könnt Ihr die Wunde sehen, die mir Eure Leute geschlagen haben, als sie mich verfolgten. Aber ich bin auch der Ritter, der Euch zum Sieg über die Feinde geholfen hat.« »Wenn du solche Taten verrichten kannst, so bist du kein Gärtnerjunge: sage mir, wer ist dein Vater?« »Mein Vater ist ein mächtiger König, und Goldes habe ich die Fülle, und soviel ich nur verlange.« »Ich sehe wohl«, sprach der König, »ich bin dir Dank schuldig, kann ich dir etwas zu Gefallen tun?« »Ja«, antwortete er, »das könnt Ihr wohl, gebt mir Eure Tochter zur Frau.« Da lachte die Jungfrau und sprach: »der macht keine Umstände! Aber ich habe schon an seinen goldenen Haaren gesehen, daß er kein Gärtnerjunge ist«: ging dann hin und küßte ihn. Zu der Vermählung kam sein Vater und seine Mutter und waren in großer Freude; denn sie hatten schon alle Hoffnung aufgegeben, ihren lieben Sohn wiederzusehen. Und als sie an der Hochzeitstafel saßen, da schwieg auf einmal die Musik, die Türen gingen auf, und ein stolzer König trat herein mit großem Gefolge. Er ging auf den Jüngling zu, umarmte ihn und sprach: »ich bin der Eisenhans und war in einen wilden Mann verwünscht, aber du hast mich erlöst. Alle Schätze, die ich besitze, die sollen dein Eigentum sein.«

Nachweis der Zeichnungen von Otto Ubbelohde

Seite 2 · Sterntaler
Seite 8 · Frau Holle
Seite 11 · Marienkind
Seite 12 · Fitchers Vogel
Seite 17 · Jungfrau Maleen
Seite 19 · Die Nixe im Teich
Seite 25 · Rapunzel
Seite 29, 31, 36 · Aschenputtel
Seite 38 · Die Bienenkönigin
Seite 41 · Die zwei Brüder
Seite 43 · Der Räuberbräutigam
Seite 51 · Die wahre Braut
Seite 55, 57 · Dornröschen
Seite 60 · Jungfrau Maleen
Seite 63 · Hänsel und Gretel
Seite 70 · Der singende Knochen
Seite 74 · Daumerlings Wanderschaft
Seite 79 · Die zwei Brüder
Seite 83, 85, 89, 92 · Der Eisenhans

Die Zeichnungen sind der von Otto Ubbelohde illustrierten Ausgabe der Grimmschen Kinder- und Hausmärchen von 1922 entnommen.

Die Texte der Märchen erscheinen nach den Originalfassungen der Brüder Grimm.